遺址

林承志／著

推薦序一

戲劇最早的雛形，是演員。
而演員又是從何而來？是巫師。
巫師離群索居，遠離部落。
人們對巫師是又敬又懼。
敬的是，巫師負責解釋「天語」。
懼的是，巫師是如此神祕，竟然懂「天語」。
巫師是如何解釋「天語」，就是表演。
表演本身就是一種神祕的力量。
戲劇本身就是一種「天語」的轉譯。
「傳說」與「神話」常是一個民族文化底蘊的兩片原始森林。
實無明顯分界的兩片森林裡，各種怪禽異獸、奇花巨葉，琳瑯滿目、相融相輝。
傳說，是魔幻的寫實。

神話，是寫實的魔幻。

承志的戲劇作品《遺址》，巧妙的揉合台灣原住民族的遠古傳說與現代故事。

從石棺到怪病。

從酋長戰士到連長小兵。

讓愛恨情仇流淌於遠古與現代之間。

讓本應是引子的遠古傳說，不再是引子，甚至像是水晶球。

在上天視角裡，不管是遠古神話或是現代故事，不管是愛恨嗔痴或是貪慾迷嫉都在小小的水晶球裡飛躍沉浮。

希望承志能繼續勤於探索水晶球，像個老巫師般地凸瞪著大眼，發出嘶嘶夢囈，編創出精彩的劇情，讓這股「神祕的力量」繼續淨化、解放人們的心靈。

導演 王道南

二〇二二年五月三日

遺址

推薦序二

跨越理性無法言說的生命層次

當理性的判斷與神祕的超自然力量互相拉扯，宗教的信仰與祖靈的呼喚背道而馳，這就是天地人之間最微妙，也是最高深莫測之處。

林君是一位虔誠的基督徒，曾在大洪水當天擔任第一現場搶救指揮軍官，他以自己的親身經歷與信仰爲出發點，將那一段段碎裂記憶的殘影，就像是整個發生於近三十餘年前的擴建工程所產生的振動漣漪。林君用文字還原過往、貫穿其中，試圖融情入理，拼湊，分別以神祇巫術與工程紀實做爲兩大座標，成爲追溯的線索，包含了石棺的發現、生命的無常、信仰的執著、宇宙的奧妙、古老傳說、詭異事件等等，擺盪於原住民傳說與眞實景況之間，跨越理性無法解釋的生命層次，將其一一拾起、組織，化爲一道道深刻的生命肌理，是一股不可抗逆的強大力量，再匯集成爲《遺址》這部長篇故事。

遺址，單就字面上就充滿著曾經擁有卻不復存在的，帶有感逝傷懷的意味，但也包含著一種傳承的精神，循著這些曾經共同經歷過的時代、生命、回憶、情感所遺留下的蛛絲馬跡，探索原住民傳統文化的神靈信仰，其中也包含了誤解與衝突，或許這種種的現象可被解讀爲暫時性的精神失序，是族群共融前的「陣痛期」。但可確定的是，最終達到共存共融的關鍵，以及決定自己的身分與取得認同的，其實是自己的行動，以及一顆敦厚之心。

這一段段流年光影，林君透過文字的表述，跨越時空、重述生命、虛實相生，映照出生命的珍視與情感的連結，是喻示，也是預示，讓我們能感應到神祕的傳說與宗教的虔敬，交織著理性敘述而建構出的寬廣視野，帶出幽微廣袤的寓意，也藉由更多無形的異質力量，清楚的聽見靈魂的回音。

專業音樂人、媒體人、作家 劉馬利

推薦序三

二〇二〇年的春天，有一個陌生人，手上拿著我寫的石山部落發展報告到繩編工廠來找我，告訴我他是一個作者，正在計畫編寫一個故事，這個故事一半是他自己的經歷，另外一半需要我的幫助才能完成，這個陌生人，就是承志兄。

當夜我們約好時間，就在鐵道市集邊的小酒吧，把 kakawasan 從部落的傳說到部落的遷徙，再到部落的現況，好好暢聊了一個晚上。

二〇二一年承志兄再度來訪，並帶來一段已經具雛型的虛擬章節的故事。令人驚訝的是，這是一段對於宗教轉換過程的描述，也正是我們部落文明遺失的一部分。

一個部落的群體遷徙，必定對文明的遺失產生重要的影響，何況 kakawasan 一直以來就是仰賴土地生存發展的部落。前後三次爲了國防建設造成的部落遷徙，流失了我們很大部分的文化傳承，無奈只能在口耳傳說間，拼湊曾經屬於我們的片段。

今年初，電話中承志兄很興奮的告訴我故事已經完成，並傳送初版原稿讓我閱讀檢視關於部落撰寫的訛誤。除了驚訝並且不捨故事中對當年機場建設期間的紀錄，有的是生命，也有的是人生，一條又一條年輕生命爲了國防建設而犧牲；而故事裡面關於部落的虛擬章節，字裡行間平實的角色描寫及劇情舖陳，就像曾經眞的發生過一樣，能夠感受到對於部分遺失的部落文化，那種似有若無的，好像修補心中的，或者說是遺憾，又或者說是空白。

在觀光開放後，不時有劇組等因爲拍攝需要造訪我們部落，但是讓部落文化直接參與故事的創作，這還眞的是第一次，恭喜承志兄終於完成了這個用我們共同的故事編寫的作品。現在是疫情期間，祝福大家平安健康，期待疫情過後，kakawasan 歡迎閱讀並且關心這個故事的朋友們，能夠到美麗的東台灣海岸，感受機場的震撼，聽聽原住民的故事，體驗部落文化的多樣，甚且，造訪故事裡美麗的「妮卡兒」的家鄉。

富豐社區　理事長　（簽名）

二〇二二年五月五日

自序

小時候爸爸問我長大要做什麼？那時候家裡巷口有消防隊，我看警察摩托車很威，說要做警察，被罵了一頓。

剛上小學，爸爸又問我長大後要做什麼？我看電視影集《勇士們》的阿兵哥很酷很威風，說要當阿兵哥，又被臭罵了一頓。

完成學業後，我偷偷做了人生第一個選擇……轉服預官役，讓軍人成爲我人生第一份職業。當然，這次我是有理由的，其中一個理由，就是國軍正有大型工程展開，需要年輕土木工程人員投入，而我也可以在正式踏入社會之前，先藉機累積工程經驗。

然後上帝好像聽到我的聲音一樣：百多個工兵官挑十九個工程工兵官我是其中一員，受訓後十九支籤其實只有兩支籤在這個部隊我又抽中，順順利利的直接來到這個基地報到。

當時渾渾噩噩，只有興奮跟期待，沒有害怕。

四年過去了，經歷了故事中所有紀錄的過程，工區很大，參與工程的人來來往往，而石棺事件發生時間散布在約四到五年之間，有的親身經歷，有的發生在身邊，也有些是發生當下同僚口耳相傳，但每次經歷或聽聞又有年輕生命因爲這個工程逝去或殘缺，總是深深烙刻在腦海裡。

石棺發現與工程意外一次又一次詭異的連結，當然說不清楚眞正的謎底。

二〇一一年我回台灣，無意中在網絡上發現石棺事件還經常在平臺上被提出討論，我是少數從報到第一天便見證第一次石棺事件，也算是當時少數四年期間都在第一線，能夠盡量細數每次工程意外的人了，於是按照自己所知道的盡量還原，用自己的文筆寫下來，爲記憶中的當時留下紀錄。

隔幾年，又發現原來知名電視談話性節目也不只一次談論到石棺事件，而我正是大洪水當天指揮第一現場搶救軍官，但這些並不足以成爲故事。

眞心地想爲當年那些發生在身旁，逝去或殘缺生命的同袍寫一篇什麼來保存記憶，直到二〇一五年我決定參加編劇班，在老師們的指導下，開始學習如何敘述一個完整故事。

二〇二〇年的一個工作空檔，走訪了一趟故地進行田野調查，發現這片本來屬於原住民的土地，自己也有著相當豐富而動人的故事流傳。

於是我起心動念，嘗試投入虛擬角色並編寫虛擬章節，串連原住民傳說與工程紀實，完成《遺址》這部長篇故事。

小說裡的麵店是眞實存在的，跟隨故事發展如同任意門，門外對於女巫及尋找石棺謎底等描述，是結合原住民傳說及部落現況所編寫的虛擬人物及情節。

而門內紀錄所有工程連隊遭遇的工程意外，都是曾經眞實發生的不幸事故。

施工過程每一個年輕生命的可貴付出，都是對今天台灣的國防安全極具重要的貢獻。

也謹此謝謝你們，當時爲我們國家今天的安全，付出自己生命及人生的每一位「射箭的男孩」。

《遺址》這個故事，希望您會喜歡。

附：故事中關於部隊常用語及編制說明。

1. 數字：據說是昔部隊中爲了防止滲透，而變更對部隊番號阿拉伯數字口語唸法：
1＝么；2＝兩；3＝三；4＝肆；5＝五；6＝六；7＝拐；8＝八；9＝勾；0＝洞。

2. 編制：一九八〇年代對於工兵編制跟現行有很大不同，當時工兵區分工程工兵及戰鬥工兵兩種編制，工程工兵部隊爲軍團級下轄部隊，以承接各種大型軍事工程爲主要任務。其編制爲軍團（軍團司令）→後勤指揮部（師級部隊／指揮官）→工兵指揮部（旅級部隊／指揮官）→營→連→排。

3. 行政幕僚編制說明：各級部隊行政幕僚計分四參：參一：人事行政。參二：情報。參三：訓練。參四：後勤補給。

目錄

遺址

第一章　酋長石棺

第一節　外圍工事

一九八五年

布滿雜樹野草的山坡上，寒風瑟瑟的吹著。

不遠處一顆水泥碉堡，四周靜寂，只偶爾傳來三兩蟲鳴鳥叫。

吳天明排長用擴音器下達命令，劃破原本的寂靜。

吳天明：三、二、一、放！

「轟！」一聲巨響，碉堡瞬間炸裂，火球夾雜水泥黑灰噴向空中，大地生物四處逃竄……飛塵落地後，躲在四周的部隊官士兵緩緩站起來向碉堡前進。

眾人來到碉堡，吳排長帶著士兵檢查炸毀狀況，劉連長眉頭緊鎖站在一旁，吳排長檢查結束向連長報告。

吳天明：報告連長，碉堡壁大致損毀，但基礎的破壞還是不大。

劉連長揮手叫簡中士過來。

劉連長：來，簡仔，等他們清開後，試看看用開山機能不能把基礎推動。

簡中士：報告，是。

劉連長又交代吳排長。

劉連長：吳排這樣，你找人把廢渣清理完成後，讓簡仔試看看，如果推得動，在基礎下面挖個大洞，用開山機推進去埋掉，然後……

※　※　※

開山機冒著大黑煙，鐵履帶嘎啦嘎啦吃力的頂著水泥基礎。簡中士獨自在坐在駕駛室手握操縱桿，時而前進，時而後退再加速，讓大鏟刀一次又一次用力的撞擊水泥基礎，發出濃濁厚重的「硿隆！硿隆！」撞擊聲。

水泥基礎終於緩緩滑動，隨著懸空面積越來越大，速度也越來越快，終於「轟！」一聲又揚起一陣飛塵，整塊水泥基礎掉在坑洞裡面。

簡中士：幹！總算掉進去了吼。

簡中士露出滿意的笑容，站起來揮揮汗，爬到鏟刀上面查看。

簡中士：嗯，再往前頂一下應該差不多了。

簡中士再回到駕駛座，把開山機往後倒俥。當簡中士再次往前推動操縱桿時，開山機卻立刻熄火……簡中士重新點火用力催油門，返復試幾次開山機怎樣就是只肯後退，不肯前進。

簡中士：奇怪，是怎樣，遇到鬼哦？

簡中士跳下車頭察看，走到鏟刀旁邊時，卻發現前方不遠剛才開山機停車位置，正下方土面有個小空洞，簡中士走近蹲在地面查看。

簡中士：幹，底下好像有東西。

簡中士找了根木棍把洞擴一擴，看見上面只有薄薄一層沙土層，底下是類似有塊平板。簡中士又把土層清開，赫然露出一塊人工打鑿過的石頭蓋板。

簡中士：靠么，這蝦毀？

簡中士用木棍把石蓋板頂一頂，稍微用力就能推動，當推開石蓋板底下物品重見天日，迅即一股青煙夾雜刺鼻腐臭衝入簡中士鼻孔，簡中士瞬間腦袋一陣酥麻，還來不及查看已經被嗆得咳嗽連連。

簡中士：咳~咳~咳，幹，有夠臭！

回神後用力咳掉卡在喉嚨間的難受，簡中士定下神來重新查看。

簡中士：啊~~~幹！

簡中士才看一眼底下物品，立即嚇得倒彈跌坐在地上。爬起來再重新探頭查看，底下竟然是一副石棺，內容一副烏黑骷髏，以及滿棺玉石瓶罐等陪葬物品，簡中士側著身體歪著腦袋，用顫抖的手把木棍伸進石棺內，剛剛碰觸還來不及撩撥就趕緊縮回來。

簡中士：啊……哇幹你娘眞正挖到鬼啊啦……

神情激動的簡中士嚇得丟開手上木棍哇哇大叫，倉惶往連排長方向跑去。

一條黝黑發亮的大蛇從骷髏底下鑽上來，不時「沙、沙、沙」吐著血紅蛇信抬頭向棺外張望。

石棺群／拍攝地點：國立台灣史前文化博物館

石棺蓋板／拍攝地點：國立台灣史前文化博物館

石棺陪葬品陶罐／拍攝地點：國立台灣史前文化博物館

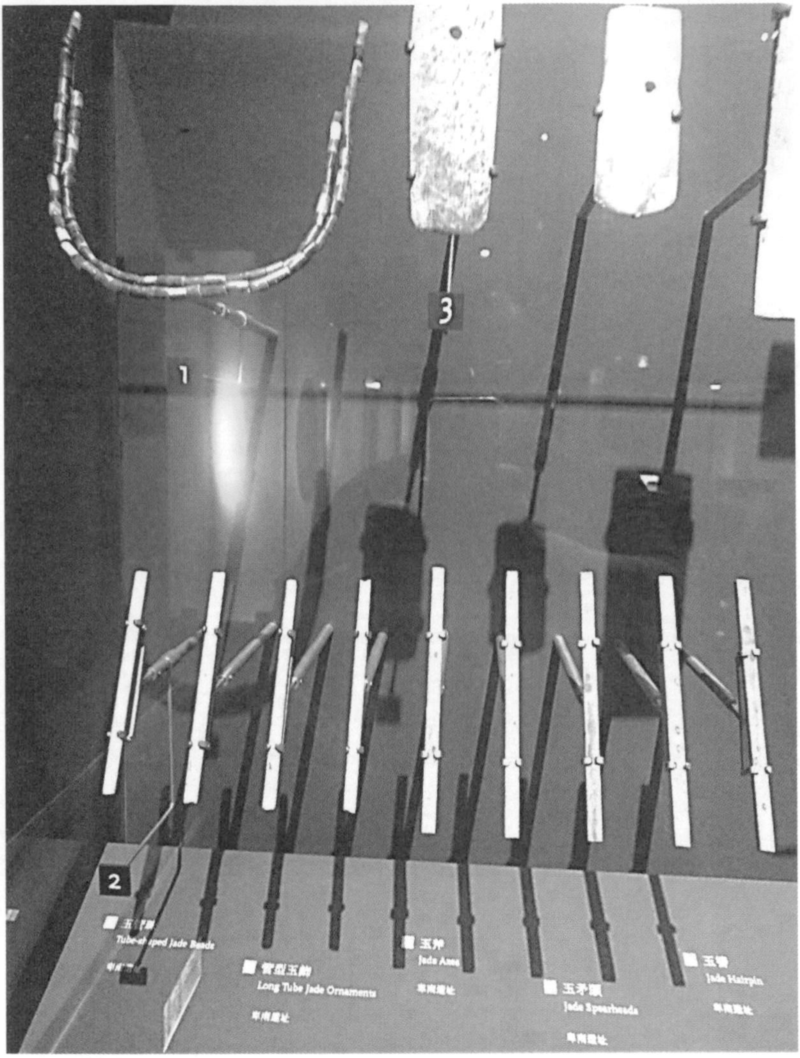

石棺陪葬品玉器／拍攝地點：國立台灣史前文化博物館

陪葬品人獸形玉塊／拍攝地點：國立台灣史前文化博物館

第二章　傳說

第一節　博物館

二〇二〇年／博物館

東台灣熾熱的烈陽燒烤下，遺址博物館前停車廣場車輛稀稀落落，僅正門口旁停著的一輛中巴較爲顯眼，孤零零停在冒著熱氣的柏油路面上。

一輛轎車緩緩駛近中巴在旁邊併排停下來，車門開啓，下車的是陳至人，一個大叔樣的男人……陳至人下車後站在車門旁邊點根菸，深深吸了兩口紓緩略略激動的情緒，正此時天空傳來轟轟音爆聲響，一架戰鬥機自遠方向著自己頭頂呼嘯而過，陳至人仰望凝視，嘴角忍不住露出驕傲的喜悅。

擰熄菸頭後緩緩走上台階，陳至人進入博物館，直接走向接待人員詢問。

陳至人：小姐妳好，我姓陳，是跟宋牧師有約，請問她到這裡了嗎？

接待人員：是的您好，請問陳至人先生是嗎？宋牧師正在開會，她有交代您會過來，但會議稍微耽誤一點時間，她請您稍候先在館內隨意走走看看。

陳至人：啊，這樣啊？

接待人員：是的，我會馬上通報您已經到了，宋牧師只要開完會應該馬上就出來見您了。

陳至人：嗯，那好吧，麻煩妳了，謝謝。

陳至人見不遠處有個小旅遊團正在聽導覽小姐解說，便朝旅遊團走過去，導覽小姐見到陳至人朝自己走過來，向陳至人可掬的點點頭後繼續介紹。

導覽小姐：而這塊美麗的土地，自從傳說中的拉拉鄂斯族被阿魯拿焰和阿魯舖烷兩兄弟用邪惡的地震及火災之術滅族後，剩下阿密斯族部落跟普悠瑪部落在這裡比鄰而居。各位看看這個位置，以前有一座沒噴發過的小型熄火山，這裡就是兩部落交界的位置，傳說中在火山腳有一間阿密斯族人開的打鐵棚……

第二節 『熔岩烈火』

傳說

雜草叢生的野林中有一塊平坦地，平坦地盡頭是石壁，一間竹架草寮挨著石山壁，不時發出「鏘！鏘！鏘！」的聲音……這裡是阿密斯打鐵匠鑄刀的鐵舖，因爲引火山熔岩鑄刀，刀工特別精美，其中一把被稱爲『熔岩烈火』的上乘短獵刀更是吸睛……因爲追獵物來到草寮，被漂亮番刀吸引的普悠瑪王子手裡把著亮晃晃的『熔岩烈火』愛不釋手，正在跟打鐵匠討價還價，王子邊說邊把玩手上的刀。

普悠瑪王子：這把獵刀眞的很漂亮捏，閃閃發光眞是的，老闆再算便宜一點啦，便宜一點我馬上買，眞的眞的，看了好喜歡。

打鐵匠：刀漂亮當然的啦，這支刀不一樣捏，石頭是雷神給我的，然後用山神的火鍊刀，我再一層一層慢慢打出來，眞的眞的很神刀捏，外面買不到的啦，怎麼可以便宜？ㄟ我是看你是王子才偷偷跟你談的，不然阿密斯賣刀給普悠瑪，回去族人會罵死的啦。

普悠瑪王子：別這樣啦，今天出來打獵身上沒……哎唷！

王子邊說話邊把玩刀，不小心在手指上劃開一道血痕，鐵匠看到臉垮了下來，王子趕忙吸吮受傷的手指。

打鐵匠：喂，你這個人怎麼可以這樣？拿剛剛開鋒的刀吸你自己的血？什麼意思？

王子的血淌在刀鋒上，血珠迅速在刀面上凝結。

普悠瑪王子：不小心的啦有什麼關係？那你賣我就好了啊？

打鐵匠：什麼賣你不賣你？刀是認主人的你不知道嗎？你是不是故意的？喔認你自己的血我就一定要賣你喔？

普悠瑪王子：鬼你個阿密斯，我幹嘛故意？就跟你說是不小心割到的，我沒事幹嘛拿我自己的血隨便亂試刀。

打鐵匠：你說什麼？隨便什麼？

打鐵匠開始被激怒，王子還故意把臉湊到打鐵匠面前。

普悠瑪王子：我說本王子不會隨便拿自己的寶貝血來試你的爛刀。

打鐵匠：王子又怎樣？可惡普悠瑪！

打鐵匠「啪！」一聲在王子的臉甩上一個大耳光。

普悠瑪王子：媽的王八蛋！

王子拿手上的刀砍向打鐵匠，打鐵匠力氣大，一把抓住王子的手並奪下手中的刀，再把王子用力推倒在旁邊的刀架，王子的手臂再被刀架上的番刀劃傷，氣得咬牙切齒。

王子：可惡，我……要……你……的……命！

順手從刀架上抄了一把番刀砍向打鐵匠，無奈『熔岩烈火』畢竟不同，憤怒的打鐵匠手

遺址

起刀落，王子手上的刀「鏘！」一聲被砍成兩截，『熔岩烈火』利刃直接刺進王子肚子。

王子：啊！啊！

王子捧著肚子倒在地上哀號，打鐵匠才回神，趕緊把刀甩在地上。

打鐵匠：對不起對不起，我不是故意的對不起。

王子卻越叫越大聲。

打鐵匠：糟糕了，闖禍了，現在怎麼辦怎麼辦？

王子：啊！啊！啊！

王子哀嚎越叫越淒厲，打鐵匠也越緊張，看看四周又看了一眼頭頂置物竹架，心煩意亂下索性把心一橫。

打鐵匠：哼，害我搞成這樣，不趕快走不行，干脆……

打鐵匠操起地上『熔岩烈火』，再捅王子兩刀直到斷氣，王子死後打鐵匠趕緊把王子扛上木架藏起來，然後手忙腳亂地把包含『熔岩烈火』的所有獵刀挨著石壁置放，並用雜草及石頭堆蓋起來。

打鐵匠把東西收拾好後逃跑，臨走前隨手丟了一塊刻有咒語的烏龜殼在地上。

第三節　『咒語龜殼』

傳說

一個普悠瑪青年跟一個年紀較大的中年人在野林中尋找王子，一路來到打鐵棚……天氣很熱，青年到打鐵棚的板凳坐下來休息，中年人碎碎唸不停抱怨王子到底跑哪裡去了，害他們天氣這麼熱要出來找，還到處找不到，青年則奇怪這邊怎麼空蕩蕩沒見到打鐵老闆，說完看見地上龜殼，拿起來看看又隨手丟到地上。

正在此時，頭頂上的架子突然有蛆蟲掉下來，掉在龜殼上，青年走向前蹲在地上仔細端詳喃喃自語，中年人看見也跟著走到青年背後。

青年：奇怪，這不是……

正說話時，另外一條蛆蟲掉在青年頭頂上，中年人看見大樂，一把抓起蛆蟲。

中年人：啊哈哈，好噁心，這死人蟲啦，死人身上的蟲掉在你頭上……

空氣迅速凝結，兩人面面相覷後抬頭看頂上的架子。

中年人：來來來，你踩我的肩膀爬上去看看。

中年人讓青年踩在自己肩膀攀上架子，青年探頭進架子查看後嚇得哇哇大叫。

青年：哇！哇！不得了了，是……是王……王子死在裡面，眞……眞的是王子！

青年／中年人：啊～～～

中年人甩下青年拔腿就跑，青年摔在地上也趕緊爬起來拔腿狂奔。

第四節　復仇戰爭

傳說

天剛破曉，野草隨瀟瑟的風搖曳擺盪。

普悠瑪巫師站在高地爲復仇的戰爭向祖靈祈禱。

巫師：五月應該是授獵的好日子，青年們狩獵耕種，女孩們織衣作飯，大家唱歌跳舞一起分享祖靈賜予豐收的甘美。但今天一個我們期待的戰士，普悠瑪大家尊敬的王子，因爲狩獵被敵人殺死，讓我們失去親愛的人，而且讓祖靈賜與的美意受到了侮辱，因此我們要在祖靈面前發誓，要爲王子報仇，也要爲祖靈的美意受到侮辱報仇。

頭目帶領戰士們哼唱征戰的曲調。

祭司在旁邊囑咐一個小隊人馬，朝不同方向先離開。

帶頭戰士高喊：我們要爲王子向阿密斯報仇！

所有戰士們高喊：報仇！向阿密斯報仇！

普悠瑪祭司：向阿密斯進攻！

所有普悠瑪戰士：殺~~~

阿密斯守衛勇士們突然見到遠方一群人往部落方向衝殺過來，趕緊升起射箭風箏，並且向部落方向發出信號。

阿密斯勇士：快！普悠瑪殺過來了，快！

當風箏快速升起並翱翔在風中，風箏上的射箭勇士們向普悠瑪前頭部隊射出雨落般的箭，逼得地面普悠瑪前頭戰士落荒四處尋找躲藏。眼看風箏上射出的箭幕遲滯敵人的突擊，就等待地面集結中的勇士向普悠瑪回擊衝殺，不料普悠瑪這次有備而來……

射箭勇士：喂！下面在幹什麼？

一個勇士回頭往風箏石方向瞭望。竟看見一小隊人馬潛往海邊的風箏石正在割斷風箏繩，空中的射箭勇士們立刻調頭，射出來的箭卻受到林木阻擋紛紛掉落……地面原本四處躲藏飛箭的普悠瑪戰士獲此喘息機會重新集結，趁隙攻入阿密斯部落，倉促應戰的阿密斯勇士再頑強抵抗，隊形被衝散節節敗退，而此時空中的射箭風箏，早因爲風箏繩被割斷而墜落地面。

普悠瑪戰士們衝進阿密斯部落，阿密斯部落群眾潰散逃竄，跑得慢的被砍殺倒地，手起刀落，成爲普悠瑪戰士復仇的祭物。

普悠瑪戰士手抓著砍下來的人頭，高舉獵刀朝天怒吼。

普悠瑪戰士：戰勝阿密斯，爲王子報仇，用阿密斯的人頭跟鮮血爲王子報仇！

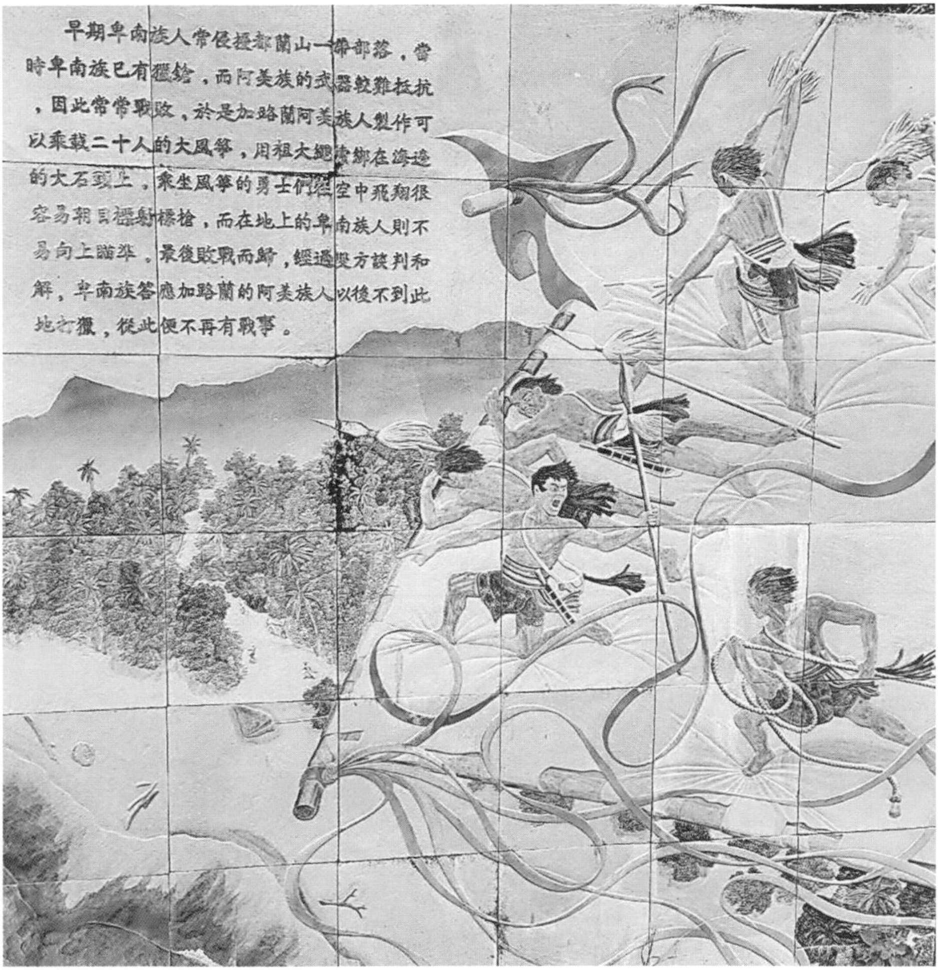
早期卑南族人常侵擾都蘭山一帶部落，當
時卑南族已有獵鎗，而阿美族的武器較難抵抗
，因此常常戰敗，於是加路蘭阿美族人製作可
以乘載二十人的大風箏，用祖大繩索綁在海邊
的大石頭上，乘坐風箏的勇士們從空中飛翔很
容易朝目標射標槍，而在地上的卑南族人則不
易向上瞄準，最後敗戰而歸，經過雙方談判和
解，卑南族答應加路蘭的阿美族人以後不到此
地狩獵，從此便不再有戰事。

射箭風箏壁畫／拍攝地點：加路蘭天主堂外圍牆（2021 年 7 月）

第三章　機場

第一節　導覽

二〇二〇年／博物館

導覽：到了民國五十七年，正是越戰期間，國民政府因應美軍需要，決定在這塊土地上蓋一座機場提供美軍軍機起降補給，這也就是我們現在看到的空軍基地。但在這時期，普悠瑪部落已經搬遷離開，只剩下阿密斯族在這塊土地上生活。於是政府將阿密斯部落一分爲二遷村，一個往海邊遷移叫做 kararuan 分社，意思是洗頭髮的地方，另外一個分社叫做 kakawasan，意思是祖靈居住之地。

第二節　軍用機場

一九六八年

浩瀚的基地滾滾黃沙，工程重機械正來來回回努力犁平本來丘陵起伏的基地……一顆青榕樹下一個外國軍人正彈著吉他吟唱教會聖詩，周圍部落孩子們搖頭晃腦津津有味地聽著和著……另頭遠處山頂一群軍官圍著還冒泡著熔岩的小火山口，國軍軍官跟外國軍官正拿著工程圖仔細討論研究。

美國軍官：Ok, good job, do it!

國軍軍官：同意了，開始動作！

旁邊手持信號旗軍官立刻拿著信號旗到旁邊吹哨並揮舞。

※　※　※

半山腰的泥土便道上原住民韶瑪跟瑟拉開的載土卡車隨著山壁迂迴緩緩前進，便道斜坡下一個背後插著紅旗的士兵背對道路挨著一棵樹小便。卡車通過士兵位置，再往前順著馬路繞彎，卡車過彎後揹旗的士兵才慢吞吞回到路邊。

車內聲音很吵雜，韶瑪開車，瑟拉坐在旁邊，兩人很開心聊天講話很大聲，韶瑪緊緊握著劇烈抖動的方向盤。

韶瑪：ㄡ，瑟拉，恭喜恭喜捏，等下收工回去就要當爸爸了。

瑟拉：是啊是啊，眞的眞的好期待，等生下來一定找大家好好慶祝。

韶瑪：當了爸爸後有什麼打算？

瑟拉：明天要遷村了，還是要遷過去後看看什麼情況再說，現在什麼都不知道……吼怎麼計劃我也要聽聽淑金意見的捏。

車外山頂哨音大作，瑟拉好像聽到，探頭往車窗外看了下沒發現有什麼。

瑟拉：奇怪捏，好像有吹哨子聲音，你有沒有聽到？

韶瑪隔著擋風玻璃歪著腦袋往山頂上望一望，搖搖頭。

「轟！」一聲山頂爆炸聲起，伴隨大量飛沙滾石順著山坡傾洩翻落，韶瑪與瑟拉連人帶車瞬間被吞沒，一起滾落山坡。

第三節　女巫誕生

一九六八年

暗夜的部落小徑，阿密斯頭目夷將等三人在漆黑的山路上行走。頭目扶著仍然在啜泣的女巫巴奈，福多兒則緊緊牽著爸爸的手。

頭目：巴奈眞的很不好意思，白天發生這種遺憾的事情還要妳一定要過來，傍晚淑金聽到瑟拉跟韶瑪車禍後一緊張，孩子提早生出來了，瑟拉留下來的這個孩子是眞的不太一樣一定要妳走一趟。

巴奈邊啜泣邊點點頭。

頭目：瑟拉是已經走了，我相信祖靈留下韶瑪一定是還有事情交代他，祖靈會保佑他快快醒來的，我們一定要對韶瑪有信心，啊！

巴奈還是點點頭。

※　※　※

茅草屋內，淑金坐在床上跟巴奈緊緊相擁哭泣，旁邊助產婆抱著剛剛出生的女嬰，女嬰

遺址

安靜的睡著，頭目蹲下來搭著福多兒跟古拉斯肩膀，小聲跟兩個小朋友說話。

頭目：福多兒你看看小妹妹這麼可憐，生下來就沒有爸爸，你一定要像勇士一樣保護小妹妹，還有跟古拉斯也要像兄弟一樣，知道嗎？一定要記住。

兩個小男孩點點頭。

女巫緊緊握住淑金的手。

女巫：淑金……淑金妳不能太傷心……我們都一樣不能太傷心了，還有小朋友要帶，以後有什麼事大家都要互相幫忙，知道嗎？

淑金強擒著淚水點點頭，女巫用手幫淑金把眼淚擦乾。

女巫放開淑金，走到旁邊小桌子，拿出一塊布小心攤在桌上，又拿出一個小瓶子放在旁邊。

女巫：來，過來我這邊。

女巫先讓助產婆把女嬰靠近自己面前，同時間打開隨身帶的小水壺喝一口小米酒後，再小心打開女嬰小手掌，掌心握著一顆褐色小珠珠，所有人都圍過來觀看。

女巫把小手掌捧在面前仔細端詳後再重新握回，用雙手捧著小手掌閉上眼睛默禱。

女巫再次打開女嬰手掌，小心把褐色小珠放在布裡面把布合起來，再次默禱後把包著褐色小珠的布一起放進瓶子再把蓋子蓋好。

女巫把瓶子捧在手上轉過身，伸手把淑金牽到身邊，細聲地詢問淑金。

女巫：淑金，這顆是巫珠沒錯，瑟拉有沒有說過小孩取什麼名字？
淑金：瑟拉說過女孩的話叫做妮卡兒。瑟拉喜歡竹子，他說漢名叫做竹君。
女巫算了一下點點頭，轉過去溫柔的摸著女嬰頭上的絨毛。
女巫：妮卡兒……竹君，那就是宋竹君，好好，很好。
女巫右手拿起玻璃瓶轉過身來。
女巫：來，媽媽來我的左邊，妮卡兒抱過來我的右邊，其他人請你們跪下朝著我閉上眼睛，我們現在要爲我們新誕生的小女巫妮卡兒向祖靈禱告。
所有的人安靜的按照女巫指示調整位置，女巫牽起媽媽跟妮卡兒的小手。
女巫：偉大的祖靈，親愛的祖靈，感謝妳的賞賜，讓新生的女巫妮卡兒帶著妳尊敬的話語來到我們當中……

第四章　少尉

二〇二〇年／博物館

導覽：到了民國七十年初，政府又決定擴建機場，成爲台灣及西太平洋最堅強的堡壘之一，這項代號一〇四的工程，於民國七十四年開始動工興建，很驕傲的一點是由我們陸軍工兵部隊自己修建完成的現代化軍事設施。而部隊在興建過程當中，挖出了多具原住民古石棺……

第一節　報到

一九八五年

吉普車在12營二連集合場停下來，安全士官簡中士趕緊向前查看。營人事官先下車，陳至人少尉接著下車，人事官把手上的文件交給簡中士。

人事官：這是陳排長的派令跟資料，等下交給參一。

簡中士：報告，是。

人事官上車離開，陳排長提起背包，簡中士趕緊迎上。

簡中士：排長，我來我來。

陳至人：沒關係，這個重我自己來就好。咦，好像沒什麼人，連上的人都不在嗎？

簡中士：報告排長，部隊在山上做工還沒回來。排長你的排長室在左邊最裡面，等下放下行李可以先休息一下，連長有交代排長今天會來報到。

陳至人：喔好的，浴室廁所在哪邊？這邊沙塵好重，我想先洗把臉。

簡中士：排長外面有個水泥樓梯，你從外面那個樓梯走下去就可以看見了。

第二節　癲癇中士

傍晚，劉連長吉普車率先開進來停在連集合場，大卡車跟在後面，劉連長下車走進營舍，後面卡車上士官兵陸續跳下車，劉連長在安全士官面前停下來。

劉連長：新排長報到了嗎？

林下士：報告連長，到了，人到浴室去了。

劉連長：好，等下回來請新排長到連長室。

林下士：報告，是。

吳排長走在前面，跟其他士官兵魚貫進入營舍。

已經下哨的簡中士拿洗臉盆往外走，經過辦公區時忽然發生抽搐，兩眼翻白口吐白沫，臉盆打翻在地上發出「哐啷哐啷！」巨大聲響後，隨即癱軟在地上，臉部扭曲強烈抽搐，猙獰而痛苦。

簡中士：呃……呃……

旁邊安全士官林下士衝上前隨手將筆塞在簡中士牙齒間，並用力把簡中士按壓在地上，附近士官兵見狀紛紛搶上前幫忙，營舍瞬間亂成一團……劉連長、吳排長已經走出來在走道靜靜觀看默不作聲，劉連長嚴肅著臉，輕輕搖頭嘆口氣。

陳至人剛剛從外面走到門口開門，見狀也要衝過去幫忙，卻被旁邊一隻手攔住。

陳中士：排ㄟ人手已經夠多，別再湊過去。

陳至人：這……這看起來有點像羊癲瘋？

陳中士點點頭。

陳至人：那怎麼可能當兵，還幹到中士？

陳中士：本來沒有，一個多月前開推土機挖到歹物件，然後變成這樣。

陳至人想繼續問。

陳中士：排ㄟ這款怪代誌我也不懂，賣擱問啊，最好別知道太多。

陳中士轉頭離開，突然另外一個聲音在陳至人耳邊響起。

士兵：原住民的東西，不懂就不要亂碰。

陳至人愣了一下轉頭看是一個黝黑士兵，正想追問人卻在集合場另外一頭消失。

第三節　車禍

一大清早，陳至人拿著臉盆走進浴室盥洗，打開水龍頭嘩啦啦的放滿臉盆，再拿起牙刷正要送入口中，旁邊橫出一隻手抓住陳至人的手腕。

吳天明：ㄟ……

陳至人抬頭看是吳排。

陳至人：啊？怎麼了？

吳天明沒說話，側著頭用眼睛比了比臉盆。

陳至人瞪大眼睛看著吳天明搖搖頭，吳天明把手放掉。

吳天明：哎算了，陳排牙稍等一下再刷，我先問你一個問題。

吳天明邊說邊打開龍頭往自己的臉盆灌水。

陳至人：嗯，什麼事？

吳天明：這樣陳排，我派了一小組人坐傾卸車要到么四工區搬材料，等下麻煩你跟車，也順便熟悉一下其他工區環境，可以嗎？

陳至人：好啊，當然沒問題。

吳天明：OK，沒其他事了，你可以繼續刷牙了。

陳至人：啊？就這樣？

吳天明笑了笑，側著頭朝臉盆點了下。

陳至人轉頭準備舀盆裡面的水，卻發現臉盆底下竟然沉積了一層薄土，上面還有紅色小蟲，細長身體伸出泥土在水中搖呀擺。「噁～」陳至人差點沒嘔出來，吳天明臉上掛著壞壞的得意，拍拍陳至人肩膀。

吳天明：台北人……下次記得，放了水沉澱十五秒再洗，這是咱們一〇四特產的生活小百科。

※　※　※

集合後陳至人坐上傾卸車副駕駛座，後面傾洩斗內還載著兩個士兵跟著。卡車離開營舍區後進入正在全面開挖的20工區，像月世界般的處處是已經被開挖機具垂直深削的坑洞形成土壁，傾卸車只能顛顛簸簸的跟著載土外包商的民間拼裝車在泥土便道上迂迴繞行。便道高高低低，陳至人注意到乘坐的這輛車爬坡時駕駛總需要費力的把油門踩到底。

陳至人：這車好像不是很夠力？

駕駛：排ㄟ，連上的好車他們開去上山用，這款車已經很老了，還聽說是二戰用的呢！

陳至人：什麼？二戰用的？現在都民國幾年了？

駕駛：你才知道喔，不過這古董車捏，有得坐趕緊坐，大概也沒幾次機會坐了。

陳至人：爲什麼？

駕駛：等一下。

前面是一個小險坡，駕駛邊重踩油門同時急打檔，衝了兩次才衝上去。

駕駛：參四已經在塡報廢單準備後送，聽說國防部買了一批很屌的進口車準備用在我們這邊，不知道什麼時候會到。

陳至人：眞的？

駕駛：是啊，還是跟阿杜仔買原裝進口的，參四說什麼剛好用來平衡中美貿易逆差，還說有部分車子會先留在台北參加國慶閱兵。

陳至人：哇塞，這麼屌？

駕駛：哎，又來了，等一下。

傾卸車經過一處被挖成斷崖的泥土坡十字路，一輛拼裝車正停在路口裝土。過了拼裝車後卻是一個急轉彎上坡，上了一小段坡後不久輪胎開始打滑爬不上去，駕駛死踩油門發出呼呼的聲音，車頭猛冒黑煙，整輛車還是原地打滑。駕駛換檔卻怎樣就是無法入擋，「卡卡卡！」的死命推著手排桿。

陳至人：怎樣？要不要幫忙？

駕駛搖搖頭滿頭大汗，陳至人索性伸手緊握駕駛的手幫忙推桿，卻始終聽到無法入檔的嘎嘎尖銳金屬磨擦音，空檔狀態整輛車會往下倒滑，駕駛的腳死踩油門企圖用動力撐住車輛，避免掉進後面的斷崖。

無奈駕駛的努力仍然白費，車輛瞬間死火加上老舊剎車頂不住下滑重力，逐漸往後倒滑，後面士兵很緊張拼命敲打玻璃。

駕駛：死啊，奈安捏。

後面士兵：喂，倒退嚕捏，喂，喂，緊湊咧啦喂！

駕駛跟陳至人手忙腳亂，車輛已經失速越倒越快，陳至人正想回頭大叫跳車，「砰！」一聲劇烈撞擊車輛停了下來。陳至人知道上坡前那轉彎位置沒有車輛，臉色慘白趕緊跳下車，跟駕駛走向車尾。

「啊，是剛才經過時在後面載士的拼裝車往前開擋住了。」

戴著帽子還用大花布包住臉的拼裝車司機剛剛下車，陳至人趕緊湊過去正要開口道歉，司機卻脫下帽子拿掉遮臉花布甩甩頭，洩出一頭柔順亮麗的黑髮隨風飄逸，明亮水汪的大眼，精緻秀氣的五官配上粉紅透白的肌膚，意料外的美麗震撼陳至人，支支吾吾幾乎說不出話來。

陳至人：很……很抱……

妮卡兒帶著梨渦淺笑看著面前的軍官。

妮卡兒：你……嗨，你呀，怎麼了？

陳至人：我……我……哦，嗯……謝謝妳幫了我們，這……這修理需……需多少……錢……

妮卡兒：喔。

妮卡兒仔細看著陳至人的名牌，點點頭。

妮卡兒：陳至人，嗯。

陳至人：是，怎麼……

陳至人緊張得吞了一口口水繼續說。

陳至人：需……需要多少錢知道嗎？

妮卡兒：你是說修車呀？不用了。

輕細中帶著溫柔，卻又字正腔圓不同原住民慣有的濃烈腔音，妮卡兒說完回頭往拼裝車走。

陳至人：啊？……喂，我是說眞的？

妮卡兒揮揮手。

妮卡兒：不需要。

妮卡兒上車，陳至人趕緊追上。

陳至人：那妳總得告訴我妳的名字？

妮卡兒重新戴上帽子遮住臉，打開引擎踩兩下油門後探出頭來。

妮卡兒：竹君，我是宋竹君。

拼裝車揚長而去，陳至人記下車號後跟駕駛回車上。

駕駛重新啓動車子。

駕駛：哇，排ㄟ，那妻仔有夠水喔。

陳至人：專心開車啦，再熄火沒人可以救了啦。

駕駛：啊就跟你說這輛車太老舊……

後面的士兵也把腦袋探向前車窗。

士兵：喔排ㄟ，甲水ㄟ妻仔沒把浪費啦！

陳至人把腦袋推回去。

陳至人：去你的差點沒命，老實坐好啦！

※　※　※

隔天早上吳天明開吉普車載陳至人回到撞車地點，陳至人獨自站在路口，來往的拼裝車一輛輛認車號，吳天明把吉普車停在路邊，戴著墨鏡好整以暇，陳至人終於找到昨天的車號，用力揮手。

拼裝車在陳至人面前停下來，但探出頭來的卻是古拉斯滿嘴檳榔的大油臉。

古拉斯：長官，有什麼指教？

陳至人：啊，你……請問昨天不是一位小姐開這輛車？

古拉斯：喔，你是說一個很漂亮很漂亮小姐對不對？

陳至人笑一下點點頭。

古拉斯：喔，那是我妹妹的啦，昨天我有事她出來開好玩的啦，還撞了車眞是，長官你找她有什麼事情嗎我可以幫你告訴她，車是我的，妹妹她不會再來的啦。

陳至人：原來是這樣，很不好意思車是我碰的，昨天我有說要出修車的錢……

古拉斯：眞的嗎？他都沒跟我說眞是的，長官那錢呢？

陳至人：喔，喔~

陳至人把手上一千元交給古拉斯，古拉斯一下子收起來。

古拉斯：謝謝長官啦，我回去會告訴我妹妹，那我走了喔。

古拉斯把車開走，陳至人回到吉普車上。

吳天明：看吧，都說不用賠你不聽，冒出個檳榔大油臉，這下失望了吧？人沒見到賠了夫人又折兵……哎唷不對，應該是賠了錢又沒了夫人……

第五章　女巫

第一節　傳承

妮卡兒家前院一邊是麻繩編織工廠，另一邊是卡車庫，居室在工廠及車庫的後面，此時古拉斯在拼裝車底修車。

妮卡兒騎著野狼機車從外面回來，剛剛停好車經過拼裝車旁邊，古拉斯從車底伸出手一把抓住妮卡兒的腿，妮卡兒「啊！」一聲嚇一跳，古拉斯從車底爬出來。

妮卡兒：哥你要嚇死人喔。

古拉斯：嘿嘿，難怪車子撞壞妳不跟人家收錢，原來長得那麼帥。

古拉斯一邊說話一邊站起來搧搧身上土塵。

妮卡兒：哎呀這跟帥有什麼關係？人家當軍官一個月才賺多少錢……不對，你怎麼知道他長得帥？說！

古拉斯：人家人家……我怎麼會知道？當然是人家遇到那位人家了啊……ㄟ，nonono，我看那位人家應該是專門在那邊等妳的。

妮卡兒：等我？他找我做什麼？

古拉斯：嘿嘿找妳當然是賠錢錢的啦，不然妳還想他做什麼？

妮卡兒：討厭啦……那他賠你錢了？賠了多少？

古拉斯很得意把錢掏出來晃。

古拉斯：嘿嘿這裡，嗯，看來妹妹的這位人家還真的很阿莎力。

妮卡兒沉下臉。

妮卡兒：把錢給我。

古拉斯把錢藏到背後。

古拉斯：不給，這人家給我的修車費。

妮卡兒逼近。

妮卡兒：給我。

古拉斯：不，不給，我還要買材料。

妮卡兒撲過去搶，古拉斯拗不過妹妹。

古拉斯：好，給，給，幹嘛這樣……

妮卡兒拿到錢，從口袋掏出三百元給古拉斯。

妮卡兒：就你這台爛車，三百元夠了。

古拉斯：喂，怎麼可以這樣，那其他的錢……

妮卡兒狡猾的笑了。

妮卡兒：就你剛才說的呀，哼哼，其他錢當然是給你妹妹的奶粉錢啊。

妮卡兒說完不甩古拉斯往玄關門走過去。

古拉斯：妳這……喂，別再到處亂跑，福多兒說等下過來找妳。

古拉斯走到前輪蹲在地上檢查輪胎。

妮卡兒推開門，卻見到女巫山婆婆巴奈在屋裡跟媽媽祈福，桌上放著祈福的法器……妮卡兒把門關回來留下一條縫往門裡偷看……祈福結束，山婆婆收拾法器往門外走，妮卡兒趕緊關起門，躡手躡腳走回古拉斯旁邊，撿起地上大板手一起面對輪胎裝模作樣蹲在地上。

古拉斯：妳幹嘛？

妮卡兒：噓……別理我，做你的。

妮卡兒說完順手在古拉斯身上抹一把髒塵塗在自己臉上。此時妮卡兒媽媽已經把山婆婆送到玄關，山婆婆離開玄關後走到妮卡兒背後。

山婆婆：妮卡兒，妮卡兒！

山婆婆輕輕叫了兩聲妮卡兒才靦腆回頭尷尬的笑。

妮卡兒：婆……婆婆好。

山婆婆：妮卡兒在忙啊？
妮卡兒「嗯」一聲點點頭。
山婆婆：妮卡兒有空的時候過來婆婆這邊一趟，婆婆有東西要交給妳。
妮卡兒笑著點點頭。
山婆婆：那我先回去嘍，山裡麵店還要開門。
妮卡兒：婆婆慢走。
妮卡兒媽媽淑金在門邊看在眼裡搖頭，等山婆婆走後叫住妮卡兒。
媽媽：妮卡兒妳進來一下。
妮卡兒：噢。
古拉斯偷笑，妮卡兒回頭扮扮鬼臉。
妮卡兒進屋後坐在餐桌上，媽媽弄了一條濕毛巾擰乾後給妮卡兒擦臉。
媽媽：幹什麼把臉搞那麼髒啊。
妮卡兒光笑，接過毛巾擦臉。
媽媽：妳也回來幾天了，打算什麼時候過去找婆婆？
妮卡兒停下擦臉，鎖著眉心低頭不語，做壞事一樣一對眼睛穿透瀏海偷偷瞄著媽媽。
媽媽：我就知道妳根本不想去找，老早告訴過妳，要不是妳出生那天……
妮卡兒放下毛巾忍不住搶話，像背書一樣一字個一個字唸。

妮卡兒：要不是我出生那天車禍時老爸當場死亡，拿到老美豐厚撫恤金，妳才能用這些錢開這間工廠養活我跟哥，山婆婆的先生就沒那麼幸運了，躺在床上拖了兩個月才走，人家老美已經回去，只能拿到部隊給的很少慰問金開麵店，山婆婆還一次又一次忍著自己的悲慟過來我們家幫忙……媽，這些妳都講幾百遍了。

這時外面傳來機車「嘭嘭嘭！」的引擎聲音。

媽媽：哼，妳自己明白就好，那妳還……

妮卡兒：可是媽，妳不能因為這樣子就要妳女兒讀完書回家鄉當巫婆啊……

媽媽：是女巫，什麼巫婆，妳講話小心點，別得罪祖靈，不要忘記妳的身分是祖靈指定的。

玄關門悄悄打開，古拉斯進屋站在門口聽媽媽跟妹妹對話。

妮卡兒：好啦女巫女巫是女巫……唉呀女巫巫婆隨便啦，人家是說現在都什麼年代了……

媽媽：那妳不想當女巫又不願意留在台北讀書或是找工作，回家做什麼？每天每天到處玩？我這間小工廠可容不下妳這尊大佛，別想不工作還要我每天付妳薪水。

妮卡兒：誰說我每天玩還要妳付我薪水的？哼，人家今天已經談好工作準備上班了。

媽媽：什麼？上班？這麼快？在哪裡工作？喂喂喂不要告訴我是去秀蓮卡啦 OK 那邊，好姊妹偶爾去幫幫忙玩一玩是可以，不准去那裡上班！

妮卡兒：誰要去蓮姐那邊啦，我護校畢業當然是要去醫院當護士。

媽媽：哪間醫院？誰介紹妳去的？

妮卡兒：就……就基督教醫院啊，是……是教會牧師介紹我去的啦。

媽媽：什麼？妳去找教會那個什麼牧師？

妮卡兒吞吞吐吐的回答。

妮卡兒：嘿啦……啊就……教會缺老師帶小朋友，我答應牧師禮拜天去帶小朋友，牧師答應介紹我去醫院當護士。

媽媽：等一下等一下我想想，妳去教會，嗯不是，妳一個女巫去基督教醫院當護士，還去教會帶小朋友，這個女巫在教會當小朋友老師……

妮卡兒：又女巫，就跟妳講不想要女巫，還……

古拉斯走到餐桌旁邊。

古拉斯：還老是要講這些神呀鬼的事情，被朋友同學們知道多沒面子對不對？妮卡兒妳呀那一點點小心眼，在媽面前還是老實一點的啦，還有啊我問妳，別人去教會是要拜耶穌的啦，女巫去教會上班不就是變成掛羊頭賣狗肉的詐騙集團？

妮卡兒：喂，什麼詐騙集團，打你喔！

妮卡兒轉過頭狠狠瞪向古拉斯握拳作勢要打人，古拉斯卻向妮卡兒擠眉弄眼，並清清喉嚨。

古拉斯：ㄟ……妮卡兒，福多兒在外面等妳，妳要不要先出去應付一下啊？

妮卡兒：啊？福多兒……喔，喔，好哦好哦，那……媽我先出去應付一下哦。

媽媽：妳這鬼靈精眞是，唉，沒辦法，有這種祖靈女兒也是自己生的。

妮卡兒趕緊往玄關門外走過去，經過古拉斯停了一下又回頭，做鬼臉掏出兩百塊塞在古拉斯手上。

妮卡兒：哪，還差你的，都齊了哦。

妮卡兒說完就跑外面去。

古拉斯手上拿著錢看著妹妹離開傻笑。

第二節　禮物

妮卡兒走出室外看見福多兒已經倚著機車笑瞇瞇站在門外等，便朝著福多兒走過去。

妮卡兒：蝦咪代誌？

福多兒：來來，有好東西送妳。

遺址

妮卡兒：什麼好東西？

福多兒用誇張的表情唱起歌來。

福多兒：閉上妳的眼睛來，伸出妳的雙手來……

妮卡兒：什麼東西神祕兮兮的？

福多兒：哎呀好東西送妳，照做就是了嘛！

妮卡兒閉上眼睛，福多兒喜孜孜把一枚 bbcall 放在妮卡兒手上，妮卡兒睜開眼睛。

妮卡兒：哇，是 bbcall，這個不便宜捏，你確定真的要送我？

福多兒聽了好得意。

福多兒：當然啦，送我們妮卡兒公主的畢業禮物當然不能隨便啊。

妮卡兒甜甜的笑得很開心。

福多兒：來我告訴妳這個怎麼使用。很簡單，我要找妳的時候打這支總機，然後號碼會顯示在上面，妳再趕快回電話給我就可以了。

妮卡兒：嗯。

妮卡兒的注意力已經轉移到旁邊福多兒新買的王牌機車。

福多兒：然後妳看看這裡有沒有，對，就是這個小小按鈕按下去是時間日期……

妮卡兒：這機車好漂亮啊，可不可以騎看看？

福多兒被打斷說話，困惑著回頭。

福多兒：啊？什麼什麼……機車？

妮卡兒：素滴，歐兜麥，這不是你新買的王牌嗎？

福多兒：喔你是說這台？早說嘛，當然當然，沒問題，來來，鑰匙在這裡。

福多兒恭敬的遞上鑰匙，妮卡兒跳上王牌機車。

福多兒：對了，我還跟兄弟們約好了過幾天獵山豬，幫妳開接風大會。

妮卡兒：ㄛ。

妮卡兒東摸摸西看看專心在機車上……打開電門，妮卡兒「轟～轟～」地催了兩下油門。

福多兒：妳看這樣安排怎麼樣？開心嗎？

妮卡兒：什麼怎麼樣？……喔這車蠻帥的……嗯這個也借我。

妮卡兒說完拔下福多兒頭頂上的太陽眼鏡掛在自己鼻梁上，油門一催機車衝出去。

福多兒：喂喂喂等一下，妳騎去哪裡啦？我話還沒講完啦喂！

福多兒趕緊跳上旁邊的野狼在後面追，兩人騎車在蜿蜒山路上追逐。

第六章　代號：一零四

第一節　將軍

指揮部旁邊的鋼筋加工廠成堆的鋼筋，被太陽烤得冒出蒸氣，陳至人負責鋼筋加工組的工作，所有帶來的士官兵分成兩組人運作，一組搬運組將鋼筋從原料區扛到成品區，另外一組加工組則扶著粗重的鋼筋供前面裁切手剪裁。天氣太熱，每個士兵都是揮著大汗咬緊牙根，臉部吃力而扭曲。

陳至人跟值星班長站在加工廠辦公室前撿料桌旁檢討圖說，突然，前面裁切機台發出「砰、咻！」的異常響聲，緊接機台前的裁切手發出淒厲慘叫。

裁切手：啊，啊！

旁邊士兵趕緊大叫：卡緊咧，卡緊咧！生仔切到指頭了。

後面的人放下鋼筋一陣騷動，陳至人跟值星班長趕緊衝到裁切台，裁切手生仔抱著手痛倒在地上殺豬一樣的哀號。

裁切手：啊，啊！

加工組所有人圍過來，值星班長想辦法幫生仔按住止血，搬運組則停止搬運朝裁切台觀望，陳至人掏出衛生紙，小心奕奕撿起地上斷指交給值星班長。

陳至人：你馬上把人帶到營部醫務室，趕緊送市區醫院說不定手指頭還有機會縫回去，動作要快！

值星班長：報告，是。

值星班長立刻扶著阿生往營部去，陳至人交代加工組裡面的黃班長。

陳至人：黃班長，換你上來當裁切手。

黃班長：好的，但現在少一個人怎麼辦？扶鋼筋人手不夠怕切的時候鋼筋不穩會晃？

陳至人：那……

陳至人轉頭向較遠的搬運組呼喊。

陳至人：阿材，你那邊先調一個人來這邊。

搬運組的阿材還沒回應，旁邊老兵謝錦天卻說話了。

謝錦天：幹，排ㄟ，這樣哪裡對？他們那組出事卻我們被處罰？

陳至人：你在講什麼處罰？你也看到了，少了一個人臨時的調度，大家多辛苦一下。

謝錦天：就辛苦一下？你知不知道這鋼筋有多重，太陽有多大？少一個人搬我們要多用多少力氣才搬得動？

阿材：好了啦天ㄟ，卡忍耐咧，排ㄟ嘛是沒辦法才安捏……

謝錦天：忍耐？爲什麼要忍耐？少一個人應該回連上調人啊，爲什麼出事的是他們那邊，倒霉的卻是我們這邊？

謝錦天的話引起搬運組其他人員議論。

「對吼對吼，安捏講才有理。」

有的人替排長緩頰，有的人認爲謝錦天說的沒錯。

陳至人：天ㄟ別這樣，就算是幫排ㄟ忙，大家一起把工作先完成。

謝錦天：你是排長，是領導ㄟ，應該幫大家解決問題不是嗎？現在是你自己能力有問題爲什麼我要幫你忙？你們大學生就是這樣，只會出一張嘴不知道別人有多艱苦。

黃班長：天ㄟ你夠了沒？抱怨兩句就算了，越講越涮嘴，你講排ㄟ蝦密？

謝錦天：幹！講排ㄟ又怎樣？關我啊，關我禁閉啊？關禁閉都比這邊舒服，幹！

士兵：喂喂，衝蝦小？不要亂來喔！

謝錦天豁出去邊說邊往黃班長方向靠，旁邊人趕緊圍住謝錦天。

謝錦天：幹！你爸亂來又擱安怎？

忽然陳至人邊脫制服邊往工作桌衝過去，把軍服甩在桌上並順手抄起一根鋼條，陳至人把鐵條用力敲擊一下桌面後往謝錦天方向走去，邊走邊用鋼條指著謝錦天，謝錦天也被排長意料外的動作嚇了一跳。

陳至人：幹！好啊，你說排長怎麼樣？就你會幹我不會幹？現在我把階級拔了，你就當我不是排長！

所有在場人員大吃一驚。

謝錦天：我……

黃班長：排ㄟ，毋湯啦排ㄟ……喂卡緊把排ㄟ抓住！

一群人趕緊圍住陳至人，逼得陳至人手上鋼條在空中揮舞。

黃班長：排ㄟ要忍耐，這邊毋湯這款啦，旁邊就是指揮部，將軍跟指揮官在這裡，會出大代誌啦。

其他人也跟著叫排長不可以打人，並把陳至人圍得喘不過氣……陳至人用力扭轉身體，部分圍住的人被甩開，嘴裡大叫。

陳至人：放開我啦！誰說我要打人？叫你們放開我沒聽到？

黃班長：不打人你拿鐵條幹嘛？

陳至人：幹你們不放開我怎麼說？

黃班長：好啦好啦，喂，把排仔放開……排仔放開沒聽到是不是？

圍住陳至人的士兵逐漸鬆開，陳至人大口喘著氣。

陳至人：來，那邊的人通通靠過來這邊！

搬運組的人三三兩兩緩慢移動。
黃班長：排ㄟ在叫沒聽到是不是？手腳快一點！
陳至人用鋼條在地上畫了一條長長的線。
陳至人：大家都看到了，剛剛你們很多人說少一個人不幹，現在願意幹的站到我這邊，不願意幹的站到線的那一邊，動作快！
眾人發愣沉默一會後黃班長第一個跳出來。
黃班長：幹！做就做有什麼好多說的，排長給你們機會自己想清楚啊！
士兵開始有人移動，有士兵提出疑問。
士兵：排ㄟ，那不幹會怎樣？
陳至人：我是不會怎樣，但回去後其他長官會不會怎樣我就不知道了。
才說完就多幾個人往這邊移動，又有另一個士兵提出問題。
士兵：報告排長，那搬運組少了一個人怎麼辦？
陳至人：我不是衣服都脫了，少一個人我自己補。
黃班長：排ㄟ你有沒有講錯？那鋼筋眞的很重捏？
陳至人：重什麼？你們能搬我不能搬？是誰告訴你動筆的就扛不動鋼筋？
已經站過來的士兵掩著嘴偷笑，陳至人說完往謝錦天方向瞄，站在謝錦天旁邊的士兵開始有人碎唸。

士兵：排ㄟ攏自己撩下來啊，還有什麼好講的？

剩下人員陸續靠過來，線的另外一邊剩下謝錦天獨自一人尷尬地站著發呆。

黃班長：先生借問一下，全部的人都過來了請問先生現在怎麼計劃？甘需要我搬一塊大椅頭仔讓你爽快坐著，看我們演大戲？

士兵：哈哈哈！

所有人面對謝錦天嘲笑，謝錦天撓撓頭也往這邊移動。

謝錦天：搬就搬，排ㄟ都做到這樣我們也沒話講。

※　※　※

『現在擔在我肩膀上的感覺，就是平常我對弟兄們的要求。』

陳至人：來……上肩！

搬運組：一、二、三、上！

一根鋼筋一百公斤重，五個人一次扛三根，平均一個人負擔六十公斤！有經驗的弟兄會偷藏條毛巾在安全帽額頭吸收汗水，臨時上陣的陳至人戴著的安全帽簷，光是站在烈陽底下已經汗滴如雨落。地面傾斜凹凸不平又鋪滿碎石，軍用膠鞋的薄底踩在碎石尖上，一步又一步都是刺燙，鋼筋面尖銳的螺紋壓在肩膀，高高低低移動時隔著衣服嵌進肩肉，如幾百公斤集中壓疊在肩頭般的吃力……咬緊再咬緊牙關死死撐住，一把又一把的沉重鋼筋扛到位置交給加工組，再擦掉滿頭滿臉豆大的汗珠。

黃班長：排ㄟ，今天數量到了。

陳至人：好了，這把放下大家可以休息了！

搬運組所有人鬆懈下來，脫下安全帽擦著汗水，黃班長拿了水過來並遞上一瓶給陳至人。

黃班長：排ㄟ，來，飲啦。

陳至人：喔，好，多謝。

弟兄們爽快評論今天排長的表現。

士兵A：ㄛ，沒想到排ㄟ體力嘛甲好，金有凍頭。

士兵B：是啊是啊，咱排ㄟ沒在漏氣ㄟ啦！

你一言我一句，有的坐著有的蹲，弟兄們面對排長紛紛脫下安全帽休息。

這時遠方一位穿著白色汗衫軍褲的長者往這邊快速走過來，陳至人並沒注意到。

陳至人：黃班長，休息五分鐘後集合部隊準備收隊。

黃班長：報告是。

士兵：安呢就對了，爽！艱苦一整天爲的就是聽到這句話，讚！

其他人：哈哈哈。

于將軍：耶……等等等等，你們等會兒。

將軍的濃濁外省口音在陳至人背後響起，陳至人聽到聲音轉過身面對陌生的長者邊快走邊招手，也沒有發現身後所有士官兵立刻起立一個個站得直挺挺，當然不會知道這位長者就是將軍。

陳至人：請問……有什麼事嗎？

于將軍：咦，你……你剛剛在這裡做什麼？

陳至人：我？喔……我們是在做鋼筋加工。

將軍看看陳至人手臂挽著藍色安全帽。

于將軍：不對不對，我是問你爲什麼你的這個跟他們顏色不一樣？

陳至人：啊？哪……哪邊不一樣？

于將軍邊說邊比陳至人手上的安全帽，陳至人順著回頭看驚覺弟兄們自動站得直挺挺的，趕緊調整自己姿勢。

陳至人：報……報告長官，我是帶隊排長所以顏色不一樣。

于將軍：排長？那我看見你自己也搬了一下午，你是排長也要搬嗎？是你們連長規定你搬的嗎？是哪個連長？

陳至人：報告長官，我平常因爲要安排計畫及監督工作有沒有做好，所以不需要搬，下午是因爲有人受傷回連上，人手不夠才自己搬，跟連長沒關係。

于將軍：喔原來是人不夠就自己下來搬的，嗯……好樣的。

于將軍笑了，輕拍了陳至人胸膛兩下，又仔細看了看陳至人名牌。

于將軍：很好，好樣的，你叫做陳至人？陳至人排長，你是新來的？那以後你就是陳排了。

陳至人：報告是。

于將軍：好了陳排放輕鬆點，年輕人你不認識我，以後叫我于將軍。

陳至人眼睛瞪很大，于將軍笑著轉過去對部隊吆喝。

于將軍：你們辛苦一整天了，大家坐下來休息等收工，抽菸喝水都沒關係，裡面有沒有班長在？

黃班長：報告在！

于將軍：班長你招呼一下弟兄們，我跟你們新排長聊一會兒。

黃班長：報告是！

于將軍邊說邊從口袋裡面掏出菸來，遞一根給陳至人。

于將軍：來來來小兄弟我們旁邊聊聊，這邊交給班長就好……

第二節　門禁

林子內野豬躲避追逐逃竄，幾個阿密斯青年手拿番刀跟在後面追逐，福多兒背著弓箭，甩出鉤繩懸吊自己，擺盪在樹梢間穿梭，從空中放箭射豬……「咻！」一下野豬中箭一聲慘叫滑倒地上，眼看跑在前面青年已經追上，朝野豬縱身飛撲瞬間野豬卻拔腿狂奔，撲了個空的青年摔在地上吃土。

福多兒：喂……沒吃飯嗎？這麼慢眞是，快點！

其他青年繼續狂追，野豬竄出林子上馬路朝營區大門奔跑，青年們手持獵刀跑出林子跟在後面追。

門口衛兵突然看見幾個青年手持番刀往這邊跑，趕緊舉槍喝止。

衛兵：站住，口令！

部落青年跑到衛兵面前停住，福多兒從林子裡面盪出來見狀，趕緊拿出弓箭跑到前面跟衛兵對峙，衛兵舉著槍緊張發抖。

福多兒：幹什麼？拿槍對著我們弟兄想幹什麼？

衛兵大聲斥喝：不許動，口……口令！

福多兒停止移動。

福多兒：口令？我們就追一隻野豬還要什麼口令？

這時恰好一輛吉普車從裡面開出來，到了衛兵旁邊緊急剎車，下車的是陳至人，快步走到衛兵面前舉起雙手擋在衛兵面前。

陳至人：通通不要動，所有人把武器放下，告訴我發生什麼事？

福多兒：原來是有長官來了，好，給長官面子，把刀通通放下。

青年們放下刀箭，陳至人側著頭小聲交代衛兵。

陳至人：你也把槍口放下。

衛兵把槍口朝下。

福多兒：長官其實也沒什麼事，我們追一隻野豬追到這裡來，衛兵就拿槍對著我們，什麼意思嘛。

衛兵：排ㄟ剛剛是有一隻野豬往裡面衝。

陳至人：你們那麼多人拿刀箭突然往大門衝，衛兵當然要拿槍阻止你們，不是嗎？

福多兒：嗯，好吧，長官那意思算是我們不對？

陳至人：那當然，你們拿武器衝軍營，如果嚴重衛兵是可以直接開槍的。

福多兒：好、好……聽你的，算是我們不對，但是通融一下嘛，放我們進去抓豬……要不這樣，這裡借我們放一下，刀箭通通放在這裡，空手進去抓豬可以嗎？很快，抓到了馬上出來，喔？

陳至人：剛剛我已經說過了，不得擅闖營區。
另一青年：長官你通情達理一點好不好，你……
福多兒伸出手臂阻擋發言。
福多兒：長官你看你這麼硬我兄弟也受不了說話了，我要怎樣跟我弟兄交代？裡面本來是我們的土地我們的家捏……喔要不這樣吧，我們晚上營火晚會烤野豬，長官你放我們進去，我邀請你來當佳賓？
其他青年：對啊對啊，長官別老是躲在裡面，來我們部落敦親睦鄰一下也蠻好的嘛，我們原住民也很好客的。
陳至人：很抱歉，營區有營區規定，不行就是不行。
福多兒：這樣不行那樣不行，一定要這麼硬？哼，那我偏進去你能怎樣？
陳至人：非經同意擅闖營區，衛兵開槍那就是基於職責及自我防衛。
福多兒：你……可惡……好，好，你叫做陳至人是不是？你給我記住。
福多兒轉頭，帶青年們離開。
福多兒：喂，我們走。
吉普車駕駛：排ㄟ，時間差不多了。
陳至人上吉普車離開，約十分鐘後，山路響起地鳴般低沉轟隆隆的引擎爬坡聲音朝大門方向前進，福多兒跟青年們躲在路旁林子裡觀望……陳至人的吉普車帶頭，一輛接一輛大型機具從青年們面前魚貫通過。

福多兒：哇~這……這輪胎都比人還高，每個車的司機都在二樓開車，好大的車子啊！

第三節　又現石棺

12營二連工地旁，于將軍、指揮官帶著總工程師及各營長、本部參謀討論第一次施作卻失敗的PU防水施工，一群人正在聽陳至人講解。

于將軍：所以陳排長你的意思，PU會起泡的原因並不是防水失敗，反而是PC層的混凝土水分揮發無法穿透這層PU膜而造成的，也就是說，反而可以證明這PU防水是有效的？那按照你的意見接下來應該如何進行？

陳至人：報告將軍，是的，但是我想這次的PU防水層已經完全失敗了，免不了要全部拿掉重做，底下混凝土PC墊層必需抹得跟鏡面一樣平，等過了終凝沒有下雨才可以下PU，下不織布必需用力張平避免彈性回彈，這樣子我想可能就可以了。

于將軍：這可是要花不少錢吶，不過好，馬上動，我同意，花的錢我擔，成功就值得了；工程官你要每天來這裡看看陳排長的作法詳實記錄下來，如果成功了，做成規範通知其他營隊後續跟著照做。

工程官：報告，是。

將軍說完轉頭對著穿便衣的總工程師。

于將軍：老紀你看怎麼樣？咱部隊也是有能力自己來解決問題的。

總工：呵呵，呵呵。

這時遠方揚起飛塵，一輛吉普車往這方向疾駛過來，到了眾人旁邊緊急剎車，14營劉連長下車往這方向急跑過來。

于將軍：耶，小劉怎麼是你？

指揮官：這麼急，有什麼狀況嗎？

劉連長：報告將軍，報告指揮官，我們挖到原住民物品，應該是酋長石棺。

于將軍跟指揮官對看一眼，其他人面面相覷。

指揮官：你立刻回去，交代所有人東西不可亂動，我們馬上趕過去。

劉連長：報告，是。

※　※　※

漫漫黃沙的14營開挖工區已經圍上安全警示帶，一具石棺躺在中間，並有安全人員在旁邊警戒，所有在旁圍觀部隊人員皆神情嚴肅在旁邊待命。

考古人員進進出出檢視石棺，小心搬移石棺及文物，偶爾會與軍官交頭接耳，或請派員幫忙。

于將軍跟指揮官、處長也是神情肅穆站在旁邊觀看，小聲討論著。

于將軍：一定要通令所有連隊，再挖到石棺必須原封不動，保持完整，並派人警戒。

指揮官：有的，這個我已經發文交辦了。

于將軍：還有處長，這些東西不知道還有多少，你一定要跟考古單位緊密聯繫，有需要的話就請教原住民關於民俗方面的問題，一定要掌握好。

處長：好，是的。

第四節　麵店

12營工區與野林交界處有一小店，是山婆婆賴以生計。每天夜幕低垂後，麵店總會點亮昏黃小燈，讓趕夜工的阿兵哥們工作結束後煮個麵，炒幾盤熱菜或小酌兩杯再回營舍睡覺。

這天夜裡店內冷清，只有兩個叫作阿順跟阿貴的阿兵哥喝酒聊天。

阿順：飲啦飲啦，飲卡落去卡早回去睏。

阿貴：你系對還不對？現在還早咧。

阿貴：阿婆仔，青菜再炒盤出來。

山婆婆：好的，等一下。

阿順：ㄟ……母湯啦母湯啦。

山婆婆走到酒桌旁，卻被阿順阻止。

阿順：不用了不用了，歹謝。

山婆婆：眞的不要了？

阿貴：ㄟ……你這人怎麼這樣？怕我沒錢是不是？

阿順：哎你聽我講……阿婆沒事了，妳忙妳的。

阿順把阿貴擋住，山婆婆轉身過去旁邊擦桌。

阿貴：到底是怎樣啦？

阿順：小聲一點，你沒看見今天只有我們兩人在這裡？你不覺得奇怪？

阿貴：兩人就兩人，又怎樣？

阿順：14那邊出事了你不知道？

阿貴：出事？蝦密大代誌？

阿順：吼你個酒空，顧飲蝦密攏嘸災，擱挖到酋長石棺啊啦。

山婆婆愣了一下，刻意把動作放慢側著耳朵聽，臉色微變。

阿貴：酋長石棺？那又怎樣？

阿順：以前二連挖到就出代誌啊，中士仔馬上起肖你嘸災？

阿貴：啊～

阿順：今晚卡忍耐點，桌面卡早清清咧卡緊回去啦，這深山野外捏，魔神仔你不驚我系ㄟ驚。

阿貴：好啦好啦，緊飲啦。

兩人舉起酒杯一飲而盡後站起來，阿貴掏錢出來放桌面後離開。

阿貴：阿婆啊，錢在桌上，我們走了。

山婆婆：喔好，好。

山婆婆轉身收錢後，邊收拾桌面邊想事情，此時福多兒已經悄悄進來站在身後，突然拍了一下山婆婆肩膀，山婆婆嚇一大跳。

山婆婆：哎喲，死孩子你是要嚇死我喔。

福多兒：吼拜託妳是山婆婆捏，我嚇得死妳喔。

山婆婆瞪福多兒一眼。

山婆婆：來，你來剛好，我有點事回後面，店交給你收。
福多兒：收店？這麼早？
山婆婆把手上抹布交到福多兒手上。
山婆婆：你還有看到客人嗎？來，這裡交給你了。
說完轉頭離開。
福多兒：喔……喔。
福多兒獨自留下來收店。

※　※　※

福多兒收完店正要離開，想一想婆婆跟平常不太一樣，就繞到後屋看看有沒有需要幫忙。

福多兒來到後屋，見後屋窗戶是開的，裡面燈光微弱，便躡手躡腳走到窗戶旁邊，探頭往屋裡面看，卻看見山婆婆獨自手舞足蹈正在作法。

第五節　殉職

塵土滿天的14工區蜿蜒泥土便道上，劉連長坐吉普車往工區開，剛剛投入的新型重型車輛讓本來就忙碌的便道更顯擁擠。車輛前進速度緩慢，劉連長在車內交代駕駛阿東工作。

劉連長：阿東你到工地後回連上，先跟董排說連桿數量算完後多開二十根當預備用。

阿東：連桿？二十支？

劉連長：對，這樣告訴他他就知道了，過陣子越來越多單位展開，可能大家一起擠著要材料，得自己多準備些庫存備用才行。還有約十點的時候，你換個車再去市區載考古黃博士過來，好像還有一些東西需要再確認。

阿東：好的。

吉普車開到三叉路口前，因前面車輛堵塞停下來，排在前面35Ｔ大傾卸車後面。

阿東：連長那挖到的石棺最後會怎麼處理？

阿東有注意到左前方路口有輛35Ｔ大鏟車在等待倒車。

劉連長：現在還不清楚，上面還沒指示。反正他們怎麼交辦我們怎麼配合。

阿東：說的也是。

大鏟車駕駛從照後鏡往後看時，耀眼的太陽光芒剛好反射在鏡面上，駕駛兵看見35Ｔ大傾卸車跟後面另一輛35Ｔ大傾卸車中間空出一段距離，便輕踩油門繼續倒車。

劉連長的吉普車跟著大傾卸車往前走，剛好在路口位置又停住；阿東已經注意到大鏟車超過二公尺高的巨輪往自己方向緩慢靠近，只是按照常理到了旁邊不遠應該是會停下來。

鏟車的大輪胎仍然很緩慢，很緩慢的向自己靠近，阿東「叭叭叭！」按了幾聲喇叭，但沙啞的吉普車喇叭聲顯然穿不透周遭大車「轟！轟！轟！」的巨大引擎聲。

阿東：有沒有搞錯？

大輪胎沒有反應，還是很緩慢，很緩慢向自己靠近，阿東看不對勁「叭叭叭叭叭！」猛按喇叭。

阿東：幹，怎麼這樣！

擋在前面的大車完全沒動，阿東急打倒車檔後面也有車擋住。

大輪胎還是很緩慢，很緩慢朝吉普車前進，劉連長看到輪胎驚訝大叫。

劉連長：喂，危險！

巨大輪胎已經碰觸吉普車仍然沒有停止。

阿東趕緊側倒身體，並用力推開連長。

阿東：快，快跳車，啊！

當阿東把連長用力推出車外，鏟車的大輪胎還是很緩慢，很緩慢的壓上吉普車車頂。

※　※　※

基督教醫院平靜的急診室門口泛起一波騷動，幾位醫生護士出現在門口張望，不遠救護車帶著刺耳鳴笛高速一路飛奔到急診門口，醫生護士們立刻一擁而上。救護人員放下傷患，妮卡兒跟其他護士推病床跟在急救醫生後面，救護人員放下阿東後搬移到醫院病床由妮卡兒等護士接手。

救護人員：在車上急救時已經 OHCA 了。

急救醫生稍做檢查，搖搖頭，救護人員把資料交給妮卡兒。

急救醫生：嗯，快，趕快推進去！

妮卡兒紅著眼眶跟其他人跑著推病床進醫院。

第六節　夜哨

凌晨三點，陳至人獨自騎著破破的古董腳踏車，車前掛著放有衛哨本的菜籃，顛顛簸簸的穿梭在全工區各哨所間查夜哨。

陳至人剛剛完成查哨簿跟哨兵交換簽名後，又跨上單車顛顛簸簸的騎向下一個哨所。

陳至人：嗯，騎快一點，最後一個查完可以回去補眠嘍！

陳至人加快兩腿踩踏的速度。

「孤獨的暗黑道路上，只有繁星皓月伴我行」……嘴上邊吹著口哨壯膽腦袋胡思亂想，忽然旁邊草叢裡一個黑影快速竄出，狠狠的撞在前輪上。

陳至人：啊~啊~啊~啊~啊~

「碰！」

陳至人還沒來得及反應，手忙腳亂把不住龍頭左右亂竄……整輛單車衝下約四公尺深的土坡，連人帶車摔在柔軟的沙土堆上，但腦袋卻被硬物嗑得眼冒金星。

陳至人：媽的，好痛！

陳至人揉揉腦袋回過神，好在沒有流血。

陳至人：幹，什麼東西這樣硬？

伸手在腦袋著地的沙土裡面摸索，摸出一塊長方形的小石板。

陳至人：有夠衰，旁邊都是沙怎麼偏偏腦袋撞在這上面。

陳至人拿起小石板看了一眼，隨手甩在旁邊，想了一下又撿回來仔細看。

陳至人：咦，不對，上面刻的好像是原住民圖騰……嗯，好吧，算我們有緣，一起回去。

陳至人把單車扶起來，石板放進菜籃，檢查了一下沒問題就跨上單車，才發現四周地上的沙土混著一圈黃色警示帶。

腦袋還迷迷糊糊的，突然打個冷顫一下子全清醒了。

陳至人：警示帶？那不就……媽呀么四營發現石棺的位置？靠那麼巧？趕快跑！

第七章　石棺風暴

第一節　大木

12營二連一大早用完早餐後，吳排跟陳至人正在排長室著裝，陳至人著裝後把掛在牆上的鮮紅值星帶取下來斜揹在自己肩上。

吳天明：陳排，今天有五個新員來報到，等下集合完你要幫他們分班。

陳至人：嗯，這個我聽說了，他們都什麼專長你知道嗎？

吳天明：木工，剛好都是你排上的。

這時房間門響起敲門聲，兩人轉頭一看輔導長站在門口。

吳天明：唷，輔ㄟ，這麼大早什麼風把您吹來了？

輔導長：嗯，先不開玩笑了，告訴兩位一個壞消息，簡中士走了。

陳至人：啊？他不是才剛退伍沒多久嗎？怎麼？

輔導長：嗯，幾天前才剛發生的事，他家住在宜蘭溪邊，說是大早到溪邊不知道去做什麼，突然病發臉倒栽在溪裡面走的。

吳天明：哎，聽了眞是難過。

※　※　※

集合場上，連長剛剛訓示結束，陳至人打開手上的新兵名單開始分配單位。

陳至人：以下我唸到名字答有後到我前面來。黃世賢！

黃世賢：有！

黃世賢跑步到陳至人面前敬禮後立正。

陳至人：你在家裡做大木還是細木？

黃世賢：報告，大木！

陳至人：那你模板做多久了？

黃世賢：報告，二年半。

陳至人：好，分配你第六班，第六班黃班長！

黃班長：有！

陳至人：好，黃世賢入列。

黃班長／黃世賢：是！

新員分配順利進行著，輪到第四位叫做王雙冬的新兵。

陳至人：下一位，王雙冬！

王雙冬：有！

王雙冬跑步到陳至人面前敬禮後立正。

陳至人：你在家裡做大木還是細木？

王雙冬：報告，大木！

陳至人：那你模板做多久了？

王雙冬：報告，不會！

陳至人：啊？是不是聽錯了？好，我再問你一次，王雙冬！

王雙冬：有！

陳至人：你在家裡做大木還是細木？

王雙冬：報告，大木！

陳至人：那你模板做多久了？

王雙冬：報告，不會！

陳至人：又不會？

陳至人開始拉下臉來。

陳至人：那你裝潢做多久了？
王雙冬：報告，不會！
陳至人很不高興。
陳至人：裝潢也不會，模板也不會，你一來就欺騙是木工？
王雙冬：報告，沒有！
陳至人：還說沒有，明明不會木工還報是木工，看我怎麼處罰你，伏地挺身預備！
王雙冬聽口令立刻趴下：一、二。
這時五班陳班長立刻舉手。
陳班長：報告排長！
陳至人：什麼事？說！
陳班長立刻跑到陳至人前面小聲告訴陳至人。
陳班長：排ㄟ，南部有些鄉下地方大木不是做模板的。
陳至人：啊？那是什麼？
陳班長：他們把模板叫做粗木。
陳至人：粗木？那他們的大木是什麼？
陳班長：做棺材ㄟ，棺材木工。
陳至人：啊？

第二節　變形金剛

外形巨大的鋼模由許多鋼結構部件透過機械工具構造組合，每個部件可以拆卸組裝，組裝後也可以按照個別部位功能執行動作，神似帶鐵輪的變形金剛……行進時以大型捲揚機爲動力，如同超過四層樓高的鋼架構建物進行移動，且由於移動時並非直線運動，初時如何平衡的轉彎給還沒上手的操作人員極大挑戰。

12營二連是接收並且操作這座鋼鐵巨獸的第一個單位，爲了移動不順利想方設法，找各種機具輔助不斷的嘗試已經很多天了，好不容易走了一公尺，又因爲下雨影響鋼輪底下壓密不太足的回填地層，產生彈簧現象後導致鐵輪陷車……地層壓在鋼輪底下，鋼輪連結整棟構造，要吊起來並保持足夠空間重新刨除再回填並不容易，吳、陳兩個排長正帶著一夥人絞盡腦汁，邊研究邊嘗試一點一點的改正。

怪手透過鋼索連結下主梁，吳排透過手上的對講機下動作指令，陳至人在旁邊幫著出主意。

吳天明：林班長，等下怪手吊起來後，你馬上墊上枕木+千斤頂，阿明，你那邊也一樣；小彬彬……

小彬彬：有！

對講機裡傳來笑聲。

吳天明：小彬彬你在另外一頭要仔細注意變化，如果這頭吊起來影響那邊要馬上回報，怪手聽我口令一定要慢慢往上拉，感覺力量緊繃上不去了馬上停下來回報。

林班長／阿明／怪手／小彬彬：好。

吳天明：好，怪手開始往上拉。

隨著怪手慢慢往上拉，鋼鐵輪胎逐漸脫離軌道，高度約達到五十公分後停下來。

怪手：拉不動了。

吳天明：好，林班長，阿明趕緊上。

林班長／阿明：知道了。

林班長跟阿明裝上千斤頂後並固定後，把鋼索解除，用千斤頂繼續往上頂。

小彬彬：排ㄟ排ㄟ，別再動了，這邊快出軌了。

吳天明：好，停！……陳排你看這樣的空間夠不夠？可能到頂了。

陳至人：嗯，死馬當活馬醫吧，阿生，頑皮豹抬過來，換我們上……怪手先過來，把含泥量高的級配刨除換上乾的再夯實！

所有機具人工在排長們指揮下終於循序完成，最後舖上鋼板，讓巨大鋼模可以繼續前進，所有人揮著汗喘了一口大氣。

工程士：噓~總算搞定了。

陳至人：我們這階段搞了幾天算過沒有？
工程士：怎麼會沒有，搞三個禮拜了。
吳天明：下一天的雨就要多等二天的大太陽曬乾才可以繼續，媽的眞不是人幹的！
陳至人：算了，一次經驗一次教訓，別以爲假設工程就可以隨便做，以後老實一點，移模以前壓密度一定要達到百分之百，貪快沒有用。
吳天明：好吧，快中午了你們休息一下，我去弄些飲料過來給弟兄們喝。陳排喝什麼？
陳至人：隨便嘍，有得喝啥都OK。
吳排笑笑跟工程士一起離開，林班長湊過來打了根菸給陳至人。
林班長：排ㄟ，我在想……
看著林班長欲言又止。
陳至人：怎麼了？你又亂想什麼？
林班長：不是啦我是說眞的，排ㄟ，萬一跟共匪眞的打起來，你會怎樣？
陳至人愣愣的看著林班長。
陳至人：你……那你自己呢？你想怎樣？
林班長：我啊，我想我會不管其他人了，拿槍衝到共匪裡面亂掃，噠噠噠打死幾個算幾個，自己中的話就算了。
陳至人：哈哈哈你傻瓜喔，打仗哪有人這樣打的。

林班長：那排ㄟ老實說你是怎麼想的？

陳至人：我啊……我是不認爲眞的會反攻大陸啦，但他們會不會打過來就很難說了，不過……

林班長：不過怎樣？

陳至人：不過對面的現在很窮，中國那麼大，如果他們將來有一天變有錢了，看有沒有打不起來的機會，大家和平共處。

林班長：有錢就可能打不起來？

說話的同時吳排已經帶著飲料回來了。

陳至人：當然，忙著賺錢都來不及了，腦袋壞掉的才會把辛辛苦苦賺來的錢用在打仗；還有你看看這世界，喜歡找別人打仗的都是專制國家，會賺錢的都是民主國家。他們有錢了，大概已經變成民主了吧？

林班長：那有沒有可能有錢還是專制國家呢？

陳至人：這……

吳天明：那錢跟權一把抓就要看自己的良心了啊，別人存心欺負我們，我們總要站出來抵抗，對吧？哈哈，竟然討論起國家大事來了，拿去喝啦，一人一瓶，來！

林班長打開可樂咕嚕咕嚕大口灌了一口。

林班長：嗯，我是希望如果眞的有那一天，大家能夠莫忘初心。

陳至人：喲，這樣文謅謅……說說看什麼是你說的初心？

林班長：反共啊，我們現在一起在這裡不就是因爲反共需要我們嗎？面對如果只是很有錢，卻一樣欺負人民的共匪，你還反不反？抵不抵抗？有錢的是政府，人民還是一樣慘，當然還是要對抗，對吧？不要因爲自己沾邊了一點利益，就忘記自由跟民主才是眞正的空氣。

第三節　指揮部

指揮部正對面20營二連的第一塊基礎工程也被圍上警告標誌，中間擺放著兩具石棺。吉普車載來普悠瑪族頭目及巫師到現場，兩人下車後立刻走向石棺，連隊士官兵在旁邊待命。考古人員及頭目正仔細檢查棺內文物，巫師在旁邊祈禱，將軍、指揮官及營連長在一旁討論。

于將軍：這是第二次挖到了，這麼大的區域不知道還會不會挖到。

指揮官：報告將軍，連同么兩營最早做防禦工事挖到的已經是第三次了。

這時候普悠瑪頭目跟巫師朝向眾人走過來。

于將軍：還是要小心，這位置正對指揮部，李營長，羅連長你們施工時一定特別小心。
營長：也只能這樣了。
指揮官：報告將軍，這位是普悠瑪族的頭目，這位是巫師。
于將軍：你好，你好，麻煩你了。
頭目：將軍好，不客氣這是應該的，這些是族裡的文物沒錯。
將軍：確定那就太好了，知不知道區域內哪些位置還有相同石棺？最好讓我們一次都知道，這樣弟兄們做工程心裡也比較踏實。
巫師：很抱歉說實在話離開那麼久，哪邊還埋著石棺實在也已經無法考據了，但如果有我們需要幫忙的地方，只要將軍說一聲，幫得上的我們一定會全力配合的。
將軍：那就好，眞是太感謝了，有巫師這句話我們部隊就安心多了。這麼大規模的工程在動，我最擔心的就是弟兄的安全，安全一定要第一才行啊，你們說對不對？我們弟兄裡面也有很多你們子弟的。

第四節　地震

午夜，山婆婆的後屋一樣亮著昏暗的燈光，福多兒又一次躡手躡腳來到窗戶旁邊偷看，見到屋子裡面山婆婆獨自在屋裡半夜作法。

※　※　※

正午酷熱天氣下，20營二連的弟兄已經逐漸完成第一塊基礎的施工，大部分士官兵已經完成工作撤到旁邊等候休息，羅連長站在部隊前方緊盯著基礎上的人員逐漸完成工作……王排長跟兩名士官拿著工程圖跟捲尺丈量檢查，基礎另外一頭則是值星班長催促仍然蜷縮在鋼筋底層，正在完成最後作業的七、八名弟兄趕緊完成工作上來。

值星班長：大頭仔，卡緊咧，一點點工作趕快弄完趕快上來。

大頭仔：好咩，歹催啦，快也要把工作作好才可以啊……喂，你們手頭鐵仔綁好的就可以自己先上去啊。

小祥：報告，我的完成了。

大頭仔：小祥你好了就先上去，還報什麼報，有什麼好報告的。

值星班長：大頭仔你話還眞多，人家菜鳥仔對你禮貌也有話說，小祥別管他，趕快上來！

這邊王排長跟張下士蹲在鋼筋上量距，不小心尺掉下去最底層。

張下士：排ㄟ你等一下，我下去撿。

張下士用綁鋼筋的老鼠尾巴拆開兩根鋼筋，並且用腳踹兩下把鋼筋空格弄大，然後吃力的用下半身鑽進鋼筋底下……眼見張下士努力的伸手就要碰到捲尺……大地忽然響起隆隆地鳴，四周揚起塵土，連長抬頭看了一下臉色大變大聲喊叫。

連長：喂！別撿了，上來，快點！值星班長那邊也別做了，通通上來，快點，快點！

值星班長緊急吹哨，王排長抬頭看連長還來不及反應，緊接而來的地震天搖地動，四周揚起劇烈塵土，把基礎上所有人員龍罩其中。

已經組立好的鋼筋綁紮鐵線受不了激烈搖晃骨牌般崩離散架，沉重蜷曲的鋼筋混雜金屬吱嘎轟隆，疊壓扭絞無法逃脫的弟兄，埋沒碎骨與肉體的撕裂……濛濛土石飛滅龍罩天與地，直到毫不留情毫無差別將肉體與鋼鐵的混雜盡皆吞噬，終於落定平息，留下遍地嗚嗚哀嚎。

第五節　搶救

救護車一輛接一輛狂響鳴笛飛奔到急診處，摻雜吉普車緊跟在後。救護人員匆忙將受重傷士官兵一個又一個抬下車，妮卡兒也從急診室裡面衝出來，眼看著仍然穿著染血軍服的傷員一個個被抬下車，忍不住紅著眼眶趕緊跟上去幫忙推床。

妮卡兒：這麼多人？又是工兵營的？

救護人員點點頭，妮卡兒強擒著不聽話的淚水跟著小跑步把傷者推進急診處。

第六節　風暴

20營二連花了幾個禮拜的時間好不容易清除損毀的基礎鋼筋，指揮部及營部並且緊急調派支援，協助二連把基礎鋼筋重新架設好……一大早藍天白雲的大好天氣，總算完成灌漿前所有準備工作後，灌漿車輛已經就位完成準備，負責灌漿的士官兵也已經在基礎旁邊待命，基礎上只剩下幾名負責清潔的弟兄持續在作業，以及江排長，工程士跟監工部監造官劉工程師做最後檢查及核對。

江排：長官，間距十公分，號數都是按圖施工。

劉工程師：好的，確認全部按照圖說及標準施工完成無誤，同意灌漿。

劉工程師在資料上簽名後拍拍排長肩膀。

劉工程師：同樣的工作做兩次，還那麼多弟兄受傷，真的辛苦你們了。

江排苦笑。

劉工程師：對了，小王呢？聽說他也受傷了？

江排：王排他還好，是輕傷，休假回去休養了，不過跟他一起的張下士就沒那麼幸運了……哎，碰上實在也是沒辦法的事，運氣不太好，自己加油了。

劉工程師：嗯，好吧，那這邊交給你們了，別氣餒，加油啊。

劉工程師退出基礎往連長方向走去。

排長向羅連長打 OK 手勢後走過去檢查清潔工作，連長滿意的向排長點點頭，陳至人剛巧跟著部隊從旁邊經過，看見羅連長停了下來。

陳至人：連長，都弄好了？真是不容易啊，總算可以灌漿，恭喜恭喜。

羅連長：耶，是陳排，謝謝謝謝。哎，沒想到這麼困難，沒辦法，幹工程就是靠天吃飯。

陳至人遠遠看到混凝土車已經往這方向駛來。

陳至人：ㄟ，車來了，那我先走了，加油啊。

羅連長：好的你忙你忙，謝謝，一定一定。

到12工區平常走路僅需五分鐘的路程，陳至人還沒走一半，卻看見遠方海的方向忽然滾滾烏雲，朝這邊極快速翻滾奔襲過來……黑暗瞬間籠罩大地，緊接著瘋狂暴雨狂掃工區，20營二連這邊偌大雨量直接灌入基礎，羅連長全身濕透對著班長狂吼。

羅連長：班長，趕快，緊急哨，快！

「逼……逼逼逼！」

刺耳緊急哨音立即響起，暴雨中羅連長瘋狂又跳又叫人員趕緊撤離。

排長：快！快離開！

排長跟所有人員慌忙跑步離開。

大雨傾盆，人員剛剛撤出旁邊小山坡「轟！」一聲開始滑坡引發泥石流，等待灌漿的基礎又被滿滿的泥石一次全部灌平。

※　※　※

黃昏，夕陽西下，將軍獨自站在20工區旁的道路上，落寞的身影呆呆地望著第二次被損毀的基礎。

第七節　過客

不可思議的石棺出現，連結一次又一次的意外損失，造成接二連三的人員傷亡，也造成施工官兵心理的困惑與恐慌，讓部隊認爲也必須從民俗方面著手安撫軍心士氣，於是由指揮官安排將軍到普悠瑪族部落造訪頭目。

指揮官：這次完成的基礎工程兩次損毀不說，輕傷的也先不算，總共造成七名士官兵重傷，其中至少四名可能終身癱瘓。

頭目：這麼嚴重？

巫師：是的，醫院我去看過了，重傷都是脊椎被鋼筋重壓受傷。

頭目長嘆了一口氣搖搖頭。

于將軍：我知道我們都是過客，你們才是這裡眞正的主人，我對你們族裡的信仰不是很清楚但是我尊重，如果有機會請代我向你們的祖靈報告，移動他們是爲了保護生活在台灣這座島上全體生命的安全與延續，當然也包含你們的後代，所以我們並無意冒犯，如有失禮敬請多多包涵、高抬貴手；我們一定會盡最大的努力將找出來你們的祖靈們重新安置在合適的地方，請祖靈們放心。

頭目：于將軍您放心，部隊發生這樣的事情我們一樣遺憾，一定會全力幫忙。這樣吧，如果合適的話，我們上去安排一場祈禱，請巫師安撫一下祖靈，也安定一下部隊，再來了解看看，是不是什麼地方出了問題，這樣子可以嗎？

于將軍：凡事拜託了，眞的要當回事辦，你們知道我們弟兄裡面也會有你們親人的。

頭目：那當然，能夠幫得上我們一定盡全力的。

第八節　笑臉

妮卡兒的乾姊秀蓮在市區開了家笑臉卡啦 OK，規模不大，卻因爲收費便宜，加上秀蓮及找來幫忙的年輕女孩懂得招呼客人，雖然只是一般唱歌，也成了周遭軍營阿兵哥放假時經常流連的地方。

妮卡兒在醫院上班，如果隔天輪休假，就會過來幫忙，這天午夜，店裡面只剩下最後一桌客人，妮卡兒在櫃台內幫忙洗杯子，服務生小珍還在陪客人唱最後一首歌，秀蓮則剛剛幫客人買完單走回櫃台。

妮卡兒問秀蓮：應該也是阿兵哥吧？

秀蓮：嗯，空軍的工兵的步兵的還有市區的一些單位，我們這店小，老闆級看不上眼，會來的幾乎都是阿兵哥，這些是工兵營的。

唱歌結束，客人們搖搖晃晃往外走，剛好福多兒出現在店門口擦身而過，秀蓮先看見福多兒。

秀蓮：哎唷，少爺這麼早來接水某了？

妮卡兒：唉姊妳別這樣亂說啦！

秀蓮：那有什麼關係？講一講又沒叫你們明天進洞房。

妮卡兒：姊，妳……

福多兒：嘿嘿嘿婆婆那邊客人少，店收得早嘛。

秀蓮：嗯，那好吧，你們先聊一下我先把帳算一算。

小珍剛好拎個包往外走。

小珍：蓮姊，竹君，還有帥哥，BYE 嘍。

秀蓮／妮卡兒：BYE。

福多兒：客人都走光了？

妮卡兒：嗯，正想把這些洗完再 call 你過來，你怎麼知道我在這裡？

福多兒：早知道你明天輪休今晚一定會來這裡……看我有多關心妳。

妮卡兒：好啦好啦，知道啦，婆婆那邊今天怎麼這麼早收？

福多兒：生意不好婆婆就提早收店，跑回去禱告祈福啊。

妮卡兒：禱告祈福？

福多兒：嗯，她最近有時候會這樣。

妮卡兒有點驚訝，停下手上正洗的杯盤回頭……同時秀蓮停下手上的事，側著耳朵聽他們說話，露出凌厲的眼神。

妮卡兒：三更半夜祈什麼福？

福多兒：當然是祈求我們部落平安啊，其實妳別老是嫌婆婆不好，婆婆眞的很為族人，妳看三更半夜還要為大家作法求平安。

妮卡兒：你都知道？妳問婆婆還是婆婆告訴妳的？

福多兒：這……當然不是，是我偷看到的。

妮卡兒嘴裡嘟囔繼續洗杯盤。

妮卡兒：哼，偷看，裝神弄鬼的，有什麼平安好求需要三更半夜作法？

妮卡兒：不然這樣，下次看到 call 我也過去看。

福多兒：好啊，那有什麼問題。

秀蓮笑臉盈盈的走過來，把妮卡兒手上正在洗的杯子接過來。

秀蓮：好了啦年輕人，知道妳單身就別在旁邊悄悄話曬恩愛了，這麼晚了你們趕快回去休息吧，剩下的交給姊，我也差不多也要收了。

第九節　拓印

陳至人聽說麵店的山婆婆就是原住民女巫，買了畫紙跟顏料，小心把石板上的刻畫拓印在圖紙上，下士黃少傑在旁邊觀看。

陳至人：少傑，你確定那麵店的山婆婆眞的是女巫？

陳至人邊做邊問。

少傑：聽說是這樣，是不是眞的我也不知道……不過排ㄟ，你那麼認眞幹嘛？

陳至人：嗯，完成了……怎樣？像不像？

少傑：呵呵，還眞的有像。

陳至人得意的一邊把畫掛起來晾乾，一邊拿布擦拭石板上的顏料。

陳至人：其實也就好奇啊，說不定這塊石板是什麼寶貝。

這時吳排剛好走進排長室。

吳天明：寶貝？我說陳排，你的運氣也夠好，讓你出車，撞車撞出個大美女，讓你查哨，又摔車摔出個寶貝帶回來，我們在這裡這麼久也沒那麼多事，是不是要找個算命的人算看看比較好？

※　※　※

麵店裡面，山婆婆看著陳至人跟黃少傑帶來的拓印畫後暗暗吃驚，但仍然隱忍住自己不形於色。

山婆婆：長官，你這張畫怎麼來的？

陳至人老實告訴山婆婆撿到石板經過。

山婆婆：長官，這不是好東西，最好不要碰，這張圖就到我這裡就好。

山婆婆說完把圖紙揉成一團丟進垃圾桶。

陳至人：哎婆婆你怎麼……

山婆婆：長官，如果我說這是代表魔鬼的畫，你還要嗎？

遺址

陳至人：這……

山婆婆：最好長官你把那塊石板帶過來給我，可能需要解運，還有，沒解運前石板最好不要隨便丟掉。

陳至人：嗯，那好吧，下次看看，先這樣，謝了。

陳至人起身跟少傑往外走。

陳至人：她好像不太歡迎我們？

少傑：不是我們，是你，沒看到你一來阿兵哥全跑光，一晚上生意沒了。

陳至人：喔。

少傑：長官，那你還要帶石板過來解運嗎？魔鬼圖騰耶。

陳至人：解個鬼，我信基督的……

兩人離開後，山婆婆又把拓印畫從垃圾桶裡面撿出來，小心壓平後仔細查看。

第八章　挑戰

第一節　計劃

一大清早，負責頂版施工的12營二連準備執行灌漿，所有人員、機具已經就位待命，劉連長把排長跟工程士官文錩找到旁邊已經完成的頂版上席地開會。

劉連長：昨天指揮部開會，再幾個月就過年了，爲了加速工程進度推展，指揮部下指令所有營連隊開始工程競賽。

劉連長邊說邊拿出計劃書。

劉連長：來，大家看這是任務分配，我們連上的任務是把九號基地結構體全部完成。

所有人面面相覷。

劉連長：第一階段我們用了三十五天，第二階段用了二十七天，第三階段用了二十二天，時間只剩下三個多月，怎麼辦？後面還有十二個階段，工程士怎麼說？

文錩：如果是按照頒定的施工計劃要求，一個階段標準施工日期是十五天。

吳天明：可是現在連二十天都沒達到過，別說十五天了，根本做不到。

文錩：嗯，就算拚死達到十五天，也沒辦法在過年前完成。

劉連長：吳排跟工程士都說做不到，那是不是就放棄，這場競賽我們退出了？如果大家都同意明天我去報告營長。

劉連長說完瞄了陳至人。

劉連長：陳排怎麼不說話？有沒有什麼想法？

陳至人：嗯……嗯，是有一點……

劉連長：沒關係你就盡量說吧，說不對了也只是參考而已。

陳至人：好吧，是這樣，我剛算了一下，以現在做法是不可能達到，但有一個做法可能做得到。

劉連長：好喔，說出來大家聽看看。

陳至人：連長，是這樣，我們現在連上分鋼模，鋼筋，木模，泥工四個排，每次出工雖然除了留下勤務兵，其他人全連拉出去，可是眞正在主工程要徑上施工的只有輪到專長的那個排，其他人都做些雜事，或休息等待，其實這樣不符合效益，弟兄們天天早出晚歸，反而精神上消耗大過體力上消耗。

劉連長：嗯，現況是這樣沒錯，每個連隊也都是這樣安排。

吳天明：這是每個人的技術專長不同的關係。

陳至人：對，但在施工過程當中，並不是每個工作都要全部師傅下去做，有的是做師傅工，有的時候師傅在做小工。

劉連長：嗯，繼續說。

陳至人：我是想，如果從作息調整開始，把全連分成兩個班，打破建制把所有專長工平均分配在這兩個班上，當工序輪到自己專長的弟兄當師傅，其他人當小工，每個班每天工作含在工地休息時間十二小時，這樣我們的工地就可以二十四小時不停的施工。如果剛才工程士說的額定日期沒計算錯，我們是有機會七天完成一階段。

劉連長：七天？不需要，還是要安全第一最重要，能夠十天內我們就穩坐第一了。不過這樣說眞的是有道理喔，吳排你們二位看法呢？

工程士：好像眞的是這樣。

吳天明：我也感覺可以試試，不過分班時要把每個弟兄的排休也要考慮進去。

陳至人：這樣，假設我跟吳排一人帶一班，每個階段結束時灌漿都要一天一夜，隔天全連休息。所以灌完漿休息結束剛好可以倒班，白班變晚班，晚班變白班，這樣大家體力上也可以調整，不會因爲一直做晚班負荷太大。

劉連長：嗯……聽起來這計劃眞的是可以，要這樣做的話我得叫水電把夜間的燈裝足，還有我來想辦法鋼模中間裝一支小吊輪，小搬運可以節省很多人工。

吳天明：那每天晚餐全連要在工地吃，我去通知伙房準備。

劉連長：對，別忘記每天晚上十二點給夜班弟兄準備宵夜，不能讓弟兄們餓著。

陳至人：那計劃是我提出的，開始的夜班就我來帶吧，不過連長，夜班需要的重機具像大吊車白班排長要負責幫忙協調，比較麻煩的是監造，不知道他們願不願意跟我們配合半夜到工地檢查。

劉連長：吊車沒問題，我會叫參四跟排長配合，監造部分我們要把自己的工作先處理好，走一步算一步看看能不能夠協調，另外文錩如果半夜三點要放樣你這邊有沒有問題？

吳天明，陳至人都笑出來。

工程士：有……都講成這樣子了，有問題也要想辦法變成沒問題啊，不過別忘記要幫我留宵夜就好。

劉連長：好，好，辛苦了，哈哈哈。

幾人相視而笑。

第二節　面對

經過作息調整的12營二連，果然在進度上有明顯的改善。按照陳至人的簡單理論，夜班不再只是白天沒達標的加班工作，反而因為少了勤務干擾成為突破進度的關鍵。

連上的弟兄並沒有被看似高不可攀的進度嚇倒，反而因為有機會接觸其他工種的技術感覺新奇而展現極高的配合意願，並意料外的在兩班之間造成良性的相互競爭效果，使得每完成一個階段的使用工時幾乎呈不可思議的直線下降。

晚餐時，陳排帶著夜班部隊到工地，全連集合一起吃晚餐。

陳至人：吳排，明天晚上記得要叫45T大吊車。

吳天明：我知道，在聯繫了，沒問題。

劉連長抬頭看一下天空。

劉連長：這邊的星空眞是美麗。

陳至人：連長要不要留下來一起觀賞？

劉連長：哈哈會的，找個晚上會來找你一起看流星。

吳天明：那就怕陳排的夜變成不美麗了。

眾人：哈哈哈。

劉連長：好啦，該交班了，陳排晚上還是注意安全啊。

陳至人：好的。

陳至人示意值星班長吹集合哨。

值星班長：所有人注意，稍息後開始集合，白班在我右邊，晚班陳班長帶隊在我左邊，稍息後開始動作，稍息！

所有人迅速帶著個人工具集合。

陳班長：夜班注意，稍息後開始上架，稍息！

陳班長說完後帶夜班人員準備上架，夜班部隊中叫做大頭仔的弟兄朝白班的阿火叫喊。

大頭仔：喂，阿火仔，你白天鋼模A柱 jacky 的固定螺絲到底鎖好沒有？沒鎖好被我抓包是會半暝叫你起床來工地尿尿兼鎖螺絲喔！

全體弟兄一陣笑聲，白班的阿火聽到馬上回嗆。

阿火：大頭阿你安啦，明天早上來要是被我查到底層鋼筋鐵線不夠緊你就死定了，白天接著上班給我一根根拆掉重綁再回去睡覺啊！

全體弟兄跟著又是一陣笑聲。

然而，厄運並沒有放棄這個突飛猛進，企圖挑戰極限的連隊。隔天早晨，劉連長一樣一早開著吉普車到工地，卻看見一連王連長及王副連長已經站在自己工區，便開到旁邊停下，王連長彎著腰探頭進車裡。

劉連長：耶，老王什麼風大早把你吹來這裡？
王連長：喂，聽說營部連那邊又挖到寶貝了。
劉連長：什麼寶貝……石棺？
王連長點點頭，劉連長聽到整張臉垮下來。
劉連長：哎，該來的總是要面對，走吧，一起上車過去瞧瞧。
王連長跟王副連長上車後劉連長調轉車頭往營部連開過去。

第三節　飛旋鋼筋

當天午夜，陳至人戴著麥克風在頂層指揮吊運鋼筋。一綑綑粗重的鋼筋往上吊，底下人員分兩組配合吊車利用繩索控制方向。
陳至人：上，上，上……好，拉大臂縮小臂，再來……開始旋蓋……好，放大臂……來，再來……好，放鋼索，再放，再放……好。
頂層上陳至人指揮吊車置放位置，鋼筋吊定位後一小組人立刻上前拆繩索及鋼索後傳遞鋼筋，士官黃班長背對陳至人，指揮另外一組人組立鋼筋。
黃班長：來，一根根按粉筆位置擺好綁上鐵線。
士兵A：喂，鐵線步綁卡緊啊，別讓白天的來挑毛病，有夠沒面子。
士兵B：當然嘛系安捏，做信用的捏，別人睡覺我們趕工，當然不能做失氣。
士兵C：好啊啦，緊做緊做，等灌完漿就換咱做白班，免計較啦。

※　※　※

福多兒帶著妮卡兒躡手躡腳來到山婆婆後屋，山婆婆背對外面手上拿把番刀正在揮舞作法，妮卡兒眼睛緊盯著屋內看。
妮卡兒：這哪裡是祈福啊。
福多兒趕緊捂住妮卡兒。
福多兒：噓……小聲點啦！
妮卡兒：嗯~
妮卡兒皺著眉頭把福多兒的手掙開，屋裡的山婆婆瞬間停頓了一下，緩慢側了一下頭又轉回去，繼續剛剛的動作，福多兒趕緊拉著妮卡兒往下躲。
山婆婆唸咒語的聲音忽然越唸越大聲，越唸越激動直到幾乎吶喊，緊接著全身開始劇烈抖動，抖動越來越大好像有另外一股力量在對抗……

這時妮卡兒掏出 bbcall 看了一下時間。

※　※　※

在另外一個地點，一個穿著全身墨黑的巫師，正揮舞著手裡的番刀作法。

黑巫全身劇烈抖動，番刀在空中飛舞。

黑巫「哈！」一聲暴喝，雙手緊握番刀凌空劈下。

※　※　※

陳至人站在頂版面上指揮著吊車正常起吊，兩邊士兵緊拉繩索控制方向，正當整捆鋼筋超過頂版高度開始旋轉吊車塔接近頂版，吊車突然劇烈晃動，一邊控制方向的繩索瞬間繃斷，拉繩的士兵紛紛跌倒在地上……瞬間脫離束縛的鋼筋在空中高速自由迴旋，另一頭拉繩的士兵無法拉住，陳至人見整捆幾噸重的鋼筋在空中朝自己橫掃過來，匆忙大叫一聲並用力推倒旁邊背對的黃班長。

陳至人：喂！

黃班長跌倒在綁好的鋼筋上，陳至人再回頭已經來不及，乾脆直接躍起撲向鋼筋。

陳至人：啊！

陳至人瞬間牢牢抓住鋼筋，但也只能掛在鋼筋上跟著旋轉。

所有士官兵：啊~~~排長，陳排，陳排！

鋼筋迴旋過去又轉回來，半空中陳至人眼看自己可能撞上吊車吊桿，直接放手墜落地面。

陳至人：啊~~~

第四節　住院

病房門口，張營長及劉連長在病房門口聽醫生說明，妮卡兒手上拿著病歷表也在旁邊。

醫生：全身包含腦部 CT 都檢查過了，目前看起來沒什麼大問題，外傷都是拉傷跟挫傷，還有就是皮肉擦傷。

連長：好，很好。那營長我們是不是先走了？這邊就交給阿敦，有狀況隨時回報。

營長：那好，凡事多拜託醫生跟護士小姐，我們先走了。
妮卡兒微笑點點頭，營長跟連長、醫生先行離開，妮卡兒走進病房。房間內阿敦正在幫排長擦身體。妮卡兒站在後面看了一下，把手上病歷表放在床頭，上前把毛巾接過來。
妮卡兒：哎呀我來我來，這個不是這樣做。
妮卡兒示範給阿敦看。
阿敦：喔。
妮卡兒：這樣好了你去換新的盆水過來。
阿敦愣了一下，妮卡兒停下來。
妮卡兒：去啊？
阿敦：啊？
妮卡兒：我說，去換盆新的水過來，臉盆的水已經髒了。
阿敦：喔，好好。
阿敦拿著臉盆離開，妮卡兒繼續擦拭，阿敦換了盆新的水進來，站在旁邊幫妮卡兒擰毛巾。
妮卡兒：ㄟ，你呀，問你喔，這陣子你們工兵營經常有人受傷往這邊送，你們工作真的那麼危險嗎？別人做工程也沒這樣。

阿敦：不知道，就好奇怪，好像每次挖到酋長石棺，就會出事，私底下我們也是有點怕怕的，真的不知道那裡到底是什麼鬼地方。

妮卡兒停下手上的動作。

妮卡兒：酋……酋什麼？

阿敦：酋長石棺啊，就石頭做的棺材，原住民的。

妮卡兒：啊？石棺？

阿敦：對呀，打開裡面都是黑黑的骷髏，還有寶物，好可怕……

妮卡兒：呃~

妮卡兒打個冷顫停頓了一下，再開始幫陳至人擦臉。擦臉時妮卡兒突然想到什麼，觀察了陳至人一下，再轉頭看了一下病歷表，又彎腰睜大眼睛仔細端詳陳至人的臉發愣。

陳至人迷迷糊糊睜開眼睛正好跟妮卡兒對望，把陳至人嚇了一跳，本能抓起棉被遮住臉。

陳至人／妮卡兒：哇！

妮卡兒也嚇得倒退。

陳至人：妳……妳是誰？在我床邊幹嘛？

陳至人又往旁邊看了一眼阿敦，阿敦趕緊圍過來。

陳至人：阿敦？這……這是哪裡？

阿敦：排ㄟ，你醒了？這裡是醫院。
陳至人：醫院？
妮卡兒：這裡當然是醫院呀，不然怎麼會有護士在旁邊？
陳至人拍下腦袋轉醒後放鬆下來。
陳至人：醫院？護士？
妮卡兒：是的，我就是護士，負責照顧妳的護士。
陳至人：我在醫院幹嘛？
邊說邊撐起身體要爬起來。
陳至人：哎唷，好痛！
妮卡兒跟阿敦趕緊湊前扶起陳至人。
妮卡兒：你現在受傷，感覺怎麼樣？哪邊不舒服？
陳至人咳了兩聲。
陳至人：受……受傷？哪邊？很嚴重嗎？
陳至人說完嘗試動了下全身，最後手握拳頭頂了頂腰部。
陳至人：感覺腰有點痠……
妮卡兒：全身都有傷，嚴重是還好，全是些拉傷挫傷，醫生說你年輕身體好，醒來後在醫院休息觀察個幾天應該可以出院。

陳至人看了一下身上的病服。
陳至人：阿敦我衣服是你幫我換的？
阿敦偷笑比比妮卡兒，被妮卡兒瞪了一眼。
妮卡兒：這個他還沒學會啦，是我幫你換的，可以嗎？
阿敦：排ㄟ，你有沒有想起來，昨天半夜你們在吊鋼筋……

第五節　巧合

午夜，妮卡兒在護士站辦公桌前翻病歷。
妮卡兒在白紙上面寫下：石棺、傷亡、婆婆作法後，面對白紙發呆，想一想又在石棺跟傷亡間劃上等號。
妮卡兒猛站起來，快步走到資料櫃，抽出幾份資料回到座位，把三份資料的日期塡在傷亡下面，然後拿出隨身小筆記本，翻查後把三個日期塡在婆婆作法下面，接著在傷亡最底下塡上到院 AM 3:30，婆婆最底下寫上 AM 2:45。

妮卡兒最後寫上救護車來回四十五分鐘後，用力拍打桌面。

妮卡兒：BINGO！

妮卡兒又感覺哪裡不對，拿起筆在白紙寫下陳至人三個字，想起了上次在工兵營撞車的模模糊糊畫面……

第六節　黑巫

妮卡兒約秀蓮一起到咖啡廳喝咖啡聊是非。

秀蓮：怎麼樣？妹妹又碰到什麼好事了？

妮卡兒：姊我跟妳說，我又碰到那個軍官了。

秀蓮：軍官，哪個軍官？

妮卡兒：哎唷就是上次撞車我跟妳說那個超帥的軍官啊，他現在是我照顧的受傷病人，叫做陳至人。

秀蓮：喲，這麼巧？那你們還眞是有緣。

妮卡兒低頭偷笑一下。
秀蓮：嗯？
妮卡兒：哎呀其實也還沒很確定，但我想應該就是。
秀蓮笑出來。
秀蓮：還有什麼好懷疑的，妳說是就是嘍，那還不趕快追？
妮卡兒害羞臉紅。
妮卡兒：姊妳怎麼直接這樣說，都沒問人家受傷嚴不嚴重？
秀蓮：那還用問，看妳笑咪咪那麼開心，都喝咖啡了。
服務生端著咖啡走到桌旁。
妮卡兒：哎唷人家怎樣都不知道是要追什麼啦？何況我是女生……
服務生：不好意思兩位美女點的咖啡，請問美式是哪位？
秀蓮輕舉一下手，服務生把咖啡放在兩人面前後離開，秀蓮放點糖在咖啡裡輕輕攪動。
秀蓮：好啦，說眞的妳說的那個陳至人是哪裡人？
妮卡兒：台北。
秀蓮拿起咖啡啜了一小口後放下，妮卡兒也端起杯子起來喝。
秀蓮：嗯，這麼剛好……
妮卡兒：剛好？什麼意思？

秀蓮拿杯子輕碰了一下妮卡兒的杯子。

秀蓮：台北碰台北，ㄎㄧㄤ~不是剛剛好嗎？

妮卡兒放下杯子大眼睛瞪著秀蓮，秀蓮輕笑一下。

秀蓮：這樣，妳看看，說實在妳在台北這幾年也算是大都市女孩了，窩在這個小地方，老爲了這些鄉巴佬的小事情嘔氣，妳煩不煩？

妮卡兒放下杯子想了下點點頭。

妮卡兒：有時候眞的會耶。

秀蓮：就是就是，還有妳眞的想聽妳媽媽的話接棒當女巫？然後嫁給福多兒當頭目老婆一輩子？

妮卡兒聽到女巫皺著眉用力搖頭。

秀蓮：那就對嘍，福多兒怎麼說算不上出過村，不知道外面的世界怎麼回事，將來頂多也就接他老爸當個土霸王。妳看這些年輕軍人有的從大都市來，人帥又有學識，退伍了一樣回大都市。妳那麼漂亮，看中了主動點，等他退伍就跟著嫁回台北，作妳自己想做的事情，也不會有長輩嘮叨，多好？

妮卡兒聽了有點發愣。

秀蓮：哎呀機會難得，換作是我來了就好好把握，勇敢點，姊挺妳！

妮卡兒低頭偷笑。

秀蓮：說這麼多了該是好好品嘗一下咖啡。

秀蓮：嗯~我們妮卡兒妹妹難得請客的咖啡，眞是香啊。

妮卡兒瞇著眼燦笑。

妮卡兒：喔對了對了還有一件事，剛剛說到女巫，我跟妳說那天眞的有跟福多兒半夜去偷看山婆婆作法。

秀蓮愣了一下。

秀蓮：那……妳看到什麼？

妮卡兒：像是作法不像祈禱祈福，不過作什麼法我也看不懂。

秀蓮安靜的聽妮卡兒繼續說，但若有所思。

妮卡兒：還有還有呀，照顧的阿兵哥說每次挖到石棺不久挖到的部隊就會出事，我去拿他們工兵受傷的就醫資料比對，發現受傷阿兵哥送來的時間跟福多兒說婆婆半夜祈福的時間都很接近。尤其……

秀蓮：尤其什麼？

妮卡兒：陳至人送到醫院時間是半夜三點半，我們看到婆婆作法時間大概是二點四十五分左右。

秀蓮驚訝。

秀蓮：妳的意思……

間。

妮卡兒：姊妳想想看，救護車從醫院出發到工兵營載了人，再回醫院是不是剛剛好這時

秀蓮：工兵營那邊我是不熟，不過如果算妳們 kakawasan 也是有點接近就是了……ㄟ，兩邊會不會是同一個時間發生？

妮卡兒點點頭。

妮卡兒：我就是在想怎麼會時間剛剛好這麼接近？

秀蓮：等一下等一下，妳們女巫的事我是不懂，不過妳不是有說過那個山婆婆什麼先生是爲了建機場工程意外死的，又沒得到多少賠償，才弄成今天自己孤孤單單一個人守著山裡面那間破店？

妮卡兒：啊對吼，會不會她如果想……

秀蓮：想報仇對不對？黑巫？

妮卡兒點點頭。

秀蓮：對，應該是，這樣說的話應該就是黑巫沒錯，山婆婆就是黑巫……

第七節　相逢

病房內阿敦把連皮切好的蘋果拿給陳至人，剛好妮卡兒進來撞見。

妮卡兒：敦哥怎麼不把皮先削好？

阿敦：就是不會削啊，排ㄟ那麼少年，連皮吃OK啦。

妮卡兒瞪了阿敦一眼，把鋒利的大水果刀接過來。

妮卡兒：好啦這個我來，你把其他水果洗乾淨，順便幫排長把水壺換一壺新的開水好嗎？

阿敦：喔。

阿敦拿著水果跟水壺到洗手間，妮卡兒坐下來低頭邊削蘋果邊問至人。

妮卡兒：ㄟ……可不可以問你一個私人問題？

陳至人：什麼事？

妮卡兒：你……是不是曾經坐卡車撞到一輛拼裝車？

妮卡兒停下來手上的動作，低著頭斜眼偷瞄陳至人。

陳至人：妳怎……啊就是妳。

妮卡兒嗤嗤笑著猛點頭。

陳至人：後來我有找到車，可是……

妮卡兒：是我哥的車，我剛從台北回來無聊，就想開車跟他們上去，就好玩嘛。

陳至人：那天眞的是不好意思，後來……

妮卡兒：就說不需要你賠你還賠幹嘛？

陳至人：不是妳把車往前開擋住，我們就掉坑底下去了，花點錢去霉當然應該的啊，對吧？不然我們現在哪裡還有在這裡說話的機會？

妮卡兒：喔，原來那個錢是去霉用的，那還不是躺到這裡來沒有去乾淨。

陳至人：所以妳的意思是錢給得不夠？

妮卡兒：哎呀不是啦……

妮卡兒看著至人掩嘴偷笑，把削好的蘋果遞給陳至人，陳至人接過蘋果咬一口望著妮卡兒跟著笑。

陳至人：眞沒想到那麼巧，南丁格爾開大拼裝車載土……

第八節　出院

醫院大廳裡，陳至人一大早獨自拎著行李包站著。剛剛上班的妮卡兒從裡面跑出來東張西望，看見陳至人背影跑過去，在陳至人背後點一下，陳至人轉過來看見妮卡兒笑瞇瞇對著自己。

陳至人：ㄟ，是妳啊 miss 宋？

妮卡兒：哎呀都要走了還這樣見外，都說叫我竹君就可以了……怎麼樣不是還要一天觀察期，怎麼那麼急著走？是我們這邊環境不好，招呼不週還是吃飯比不上部隊的香啊？

陳至人：嗯，好，竹君……給妳們照顧那麼好，謝謝都來不及，怎麼可以這樣亂說？是我們部隊正在競賽期，既然沒事就趕緊回去，少自己一個差很多……妳看，現在都沒事了。

陳至人拍拍手臂，踢踢腿。

陳至人：都沒問題了啦，妳放心。

妮卡兒按住陳至人手臂。

妮卡兒：好了啦，知道你最強壯了。來，等一下。

妮卡兒從口袋掏出東西，把東西交到陳至人手掌裡。

陳至人：這什麼東西？

妮卡兒：這個呀，是我們阿密斯的幸運袋，你們工作那麼危險，希望保護你們都平平安安，別再往我們這裡送了。

陳至人：可是……可是我是基督徒，這個恐怕用不上耶？

妮卡兒：啊不好意思原來你也是基督徒？我在台北讀書的時候也常跟朋友去教會……那沒關係收下來多一個東西保平安，再不然……嗯，就當作是紀念品好了。

阿敦老遠走了過來。

阿敦：排ㄟ出院手續攏辦好了，輔ㄟ已經在外面等了。

陳至人：OK，那竹君幸運袋我就收下了，我們就走了喔，謝謝妳。

妮卡兒：嗯。

妮卡兒點點頭揮揮手，陳至人轉身往外走沒兩步，妮卡兒又慌慌張張把人叫住，邊追上來。

妮卡兒：喂喂再等一下。

陳至人停住腳步回頭。

陳至人：還有什麼事嗎？

妮卡兒又掏出一張紙條給陳至人。

妮卡兒：來來，這是我的 bbcall 號碼，如果有不舒服隨時可以 call 我……嗯，不是啦不是啦，不一定要不舒服，當朋友隨時聯繫也可以的。

陳至人看著紙條。

陳至人：妮卡兒是妳的英文名？

妮卡兒：喔不是，是族名，家裡人都叫我這個名字。

陳至人笑著。

陳至人：原來是這樣……那我收下了。

妮卡兒：對了，阿敦有跟我說過，你們在那裡會挖到那個什麼石棺……

陳至人：喔，妳說那個啊，除了小心外還有其他甚麼辦法嗎？

妮卡兒想一想，笑了一下搖搖頭。

陳至人：那也只能小心了。

妮卡兒點點頭。

陳至人：好了，還是謝謝妳的提醒，那我先走了。拜~

陳至人轉身離開，妮卡兒在後面揮手。

妮卡兒：工作眞的要小心啊。

陳至人背對著揮揮手。

第九節　忤逆

妮卡兒獨自躲在房間裡，腦袋趴在書桌前聽音樂，書桌上除了收音機，bbcall 跟巫珠瓶同時放在妮卡兒面前，妮卡兒望著發呆。

bbcall 響起，妮卡兒趕緊捧起來看。

妮卡兒：哎！

妮卡兒看見是福多兒打來，嘆口氣把鈴聲切掉輕甩 bbcall 回桌上，想一想又有點不耐煩的抓起 bbcall，站起來要走出房間回電話，剛剛開門卻聽到外面媽媽跟山婆婆說話，把門半掩回去聽看看她們在說什麼。

山婆婆：淑金我年紀大了，最近的事又多，有些需要妮卡兒來幫忙，還有妮卡兒現在什麼都不會，一些事情還是需要我來教。

媽媽：巴奈我會在旁邊幫忙勸的，不過女兒長大了，有她自己的想法，現在的年紀還愛玩，長大點應該會想通的，巴奈我這女兒還是要請妳多點耐心了。

妮卡兒情緒激動直接衝出房間。

媽媽：妮卡兒妳怎麼在家？

妮卡兒：媽那不重要，等下再說。

妮卡兒轉頭向山婆婆說。

妮卡兒：婆婆不用等了，我不去。

媽媽聽到很不高興。

媽媽：妮卡兒你在講什麼？怎麼這樣跟長輩講話？

妮卡兒沒理媽媽，繼續對著山婆婆質問。

妮卡兒：婆婆我可不可以請教，有什麼事情勞動婆婆需要三更半夜作法？

山婆婆驚訝，支支吾吾的回答。

山婆婆：喔，是……是為了求平安。

妮卡兒：那祈求平安為什麼是拿著番刀揮來揮去繞圈圈？婆婆到底在作法還是求平安？婆婆是不是每次工兵部隊挖到石棺就要起壇作法？

媽媽在旁邊看女兒態度越看越氣。

媽媽：妮卡兒妳到底在講什麼？工兵挖到石棺妳怎麼知道的？

妮卡兒：媽就跟妳說先別管，我就是知道，要聽聽看婆婆怎麼說。

山婆婆：沒錯，那些挖出來的是普悠瑪的石棺，我在替他們祈福。

妮卡兒情緒越來越高亢。

妮卡兒：哼，果然我沒猜錯，婆婆一定知道石棺的事……確定真的只是祈福嗎？祈福為什麼要在三更半夜？那為什麼每次婆婆作一次法工兵就要出事？

山婆婆：哎，既然妳都知道了，妮卡兒冷靜一下，來，坐下來婆婆好好解釋給你聽。

妮卡兒情緒激動回嘴。

妮卡兒：冷靜？婆婆出了這麼多事情要我怎麼冷靜？我不要聽妳什麼解釋，我只要妳告訴我妳是不是白天幹白巫晚上幹黑巫？妳是不是要害工兵幫叔叔報仇……

山婆婆聽到猛抬頭怒眼直視妮卡兒，眼睛瞪很大，妮卡兒話沒說完，「啪！」一聲，媽媽一個耳光甩在女兒臉上。

妮卡兒摀著臉，但強忍住幾乎流下來的眼淚，媽媽對著女兒怒吼。

媽媽：妮卡兒妳這王八在講什麼？馬上跟婆婆道歉！

山婆婆趕緊拉住媽媽。

山婆婆：淑金別這樣，沒關係，年輕人有問題講清楚就好。

妮卡兒歇斯底里的向著媽媽崩潰吼叫。

妮卡兒：媽！做壞事的是婆婆，是她，就是她！爲什麼打我？妳知不知道工兵那邊已經害死人了？年紀輕輕的生命就這樣子走了，是……眞……的……死……人……了，還有好幾個阿兵哥殘廢一輩子站不起來！人都是送來我們醫院，我都知道了問清楚哪裡不對？爲什麼要打我？我沒做錯事爲什麼挨打的人是我！

妮卡兒說完轉身奪門而出，留下媽媽跟山婆婆愣在屋子裡。

第九章　莒光連隊

第一節　獎勵

一九八六年

通過石棺考驗的陳至人平安歸隊後，12營二連全連士氣高漲，在全體官士兵群策群力的高昂士氣帶動下，工程推進越來越順，進度也越做越快，當最後一個階段完成數字停留在「6」，所有官士兵都知道評比第一名已經牢牢放在自己的口袋裡面了。

評比結束後，劉連長結束任期外調離開一〇四工區，由一連王副連長接任。幾個月後一個夜班的晚上，陳至人獨自在完成的結構體裡面查看，看見入口手電筒燈光往這邊靠近，不久，是營長出現在自己面前。

陳至人：營長好。

營長：至人你也在這邊啊？那正好營長有點事情想找你。

陳至人：營長有什麼事嗎？

營長：是這樣，關於你們連上副連長出缺的事我們已經決定，由你升任，明天就會簽文出去了，開心吧？

營長臉上掛著燦笑等待陳至人的驚喜回應。

陳至人：我？為什麼？那吳排呢？

營長：吳排那邊你放心，我另外安排他擔任營幕僚，不會讓你尷尬的。

陳至人：不是啦營長，能不能我調幕僚，吳天明當副連長？

營長收起原本期待回應的笑容。

營長：啊，為什麼？這次因為你的計劃把大家的成績都提升，我們都認為這是最好的獎勵。

陳至人：不是啦營長，成績是大家一起努力的，吳排在這裡比我資深，何況他才是職業軍人，我只是預官，過兩年就退伍了，沒必要搶著佔副連缺。

營長：我們用人唯才，考慮班別不是我們的選項。

陳至人：可是吳排很認眞，幹得也很好啊？

營長：就是有考慮到這點，所以我們才安排吳排接營部幕僚。

陳至人：這……營長說實在話，這一年多下來在連隊雖然獲得很多，但也眞的很辛苦，很多家裡跟私人的事情都沒辦法兼顧，所以希望能夠調幕僚，好多一點時間能夠處理私人事情。

營長臉上略帶失望。

營長：這樣啊？……那好吧，我回去再想想，如果你真的有私人問題需要考慮。

陳至人：謝謝營長。

※　※　※

俱樂部裡，12營剛升任工程官的巫排跟幾個年輕軍官聚在一起喝酒聊天，陳至人剛進大門，看見同僚們聚在一起便往這方向走了過來。

李排：營長真的做了這樣的決定？

工程官：聽說是這樣，不過好像還沒決定。

周排：營長怎麼可以這樣……

陳至人走到旁邊。

陳至人：咦，你們都在這裡？在聊什麼？

周排轉頭看了一眼站起來。

周排：沒什麼……這樣我連上還有事，先走了。

李排：那……我也有事，陳排你慢坐我也走了。

其他幾人陸續離開，剩下工程官走最後一個。

工程官：同學我也走了，這些錢我們都付過了，還剩一點啤酒你自己喝吧……喔對了，可能要提前跟你說一聲恭喜。

陳至人：喔。

工程官說完起身走人，剩下陳至人獨自坐在圓桌前，倒了杯啤酒猛喝一口，正在爲這幾天袍澤們見到自己，閃閃躲躲的反應而感覺困擾，忽然背後被輕拍「嗨！」了一聲，回頭看是俱樂部櫃台的阿珠，不久前才被自己介紹給吳天明認識。

阿珠：怎麼你朋友都走光了，自己一個人在這裡發呆？

陳至人聳聳肩。

陳至人：不知道，反正我才到他們全散了……怎麼樣？我們吳排還可以吧？

阿珠甜甜笑著點點頭。

陳至人：就跟妳說他很 nice 的。

阿珠：謝謝你介紹啊，感覺人很不錯，不過好像有點呆呆的，講話沒你那麼風趣。

陳至人：呆呆的？他？怎麼可能？在我面前花樣可多了……

※　※　※

公共電話前，陳至人正講著長途電話。

珍：至人，我跟你說，我的 GRE 考試通過了，現在正在申請學校，國中這邊也已經辭職，就教到這學期結束。

陳至人：喔那很好啊，眞是恭喜了。

陳至人一邊講話一邊急著投幣。

珍：就只是恭喜嗎？你……

陳至人：我？我還是一樣啊，早上出門不知道幾點才可以回營舍，忙得要命。

珍：不是啦，我以爲你回台北才打電話給我的。

陳至人摸摸口袋，掏出最後一枚硬幣。

陳至人：ㄟ，珍我跟你說，我沒銅板了……

珍：好那長話短說，我是希望你能安排幾天時間……

電話那頭「嘟~」的斷線了。

「哎！」陳至人嘆口氣走回宿舍。

※　※　※

12營營部會議室內，張營長正主持全營軍官會議。

營長：該討論的都討論完了，那大家還有沒有什麼臨時動議的？

陳至人一時激動突然舉手。

陳至人：報告營長，我……

營長：耶，是至人，有什麼困難需要營長幫你解決的嗎？

所有與會目光集中到陳至人身上。

陳至人：報告營長，是……最近是有一點事情困擾。

營長詭異笑了一下。

營長：不是馬上要升副連長了？還能有什麼事情可以困擾你呢？

嚴肅的會議所有在場軍官笑出聲來。

陳至人：報告營長，就是副連長這件事情，請營長再考慮一下，能夠循資歷拔升，因爲吳排他們才是職業軍人，需要有優先提升的機會，我再過二年就退伍了，資歷又比較淺，佔副連長缺對我意義不大，希望營長能夠重新考慮。

所有軍官私下交頭接耳。

營長：這樣啊……好，既然你已經提出來了，營長答應你重新慎重考慮，但我醜話講在前面，重新考慮後不管結果如何安排，你都必須答應並且就任。

陳至人：好的，沒有問題，謝謝營長。

※　※　※

兩天後營長親自到連上找陳至人。

營長：至人，關於副連長的人事安排我們已經做最後決定了。

陳至人：喔，好的。

營長：這樣，我們決定聽取你的意見，副連長由吳排接任。

陳至人：太好了，謝謝營長。

營長：不過關於幕僚部分，則決定由剛下連長的谷連長接任，這部分對你很抱歉，可能還要繼續幹一陣子排長，我再看看有沒有其他機會安排。

陳至人略顯失望。

陳至人：謝謝營長，這部分沒有問題的。

第二節　總部

總長室裡，負責一○四工程的總部林少將剛剛結束向總長彙報一○四工程的進度報告，總長聽完後很滿意的站起來。

總長：要得，這次工兵部隊真的是要得，本來以爲這麼困難的工程，又採用最新的工法，能夠跟得上計劃就很不錯了，我們的工兵居然還能夠超前，真是要得。

林少將：是的，而且過程還不是很順利的條件下達成，唯一遺憾傷員有點多。

總長：嗯，好……能夠克服困難達成目標，好，很好，工兵構工視同作戰，這麼大的工程對天對地作戰，傷亡難免，重要事後的慰助跟撫卹一定要做好，都是爲國家犧牲的。

林少將：是的，那是一定的……那總長沒別的事我先離開了。

總長：好好，也辛苦你了，資料就麻煩放桌上，我有空的時候再翻一翻。

林少將走出辦公室，主任帶著幾份公文進辦公室。

主任：報告總長，這裡有幾份公文請您批核。

總長：好。

總長接過來打開看，第一份是年度全國莒光連隊提報名單，總長仔細看了一下把公文放在桌上。

總長：這份名單裡面應該沒有么洞四那邊的工兵部隊吧？

主任：沒有。

總長：這樣，他們正處在作戰中，有好的表現一樣需要獎勵。通知那邊提報一支表現最具代表性的連隊出來，遴選爲本年度的莒光連隊。

主任：好的。

第十章　情人祭

第一節　慶功

四個月過去了，全國國軍莒光連隊這項榮譽確定由12營二連代表並且獲選。
陳至人：珍，我告訴妳一個好消息。
電話那頭珍語氣平穩，但沒有分享的喜悅。
珍：嗯，怎樣？
陳至人：我們連上當選全國國軍莒光連隊了。
珍：喔，是嗎？那……是要我跟你說恭喜嘍？
陳至人愣了一下。
陳至人：嗯，這……
珍：唉，隨便啦，我早就已經對你沒有期待了。

了。

陳至人：可是……

珍：等一下我先問你，你今天銅板有投夠了嗎？

陳至人：我……有，有的。

珍：好……老實告訴你，我機票已經訂好了，就下個月飛美國，所有的計劃都安排好了。

陳至人愣住拿著話筒停了一下才開口。

陳至人：怎，怎麼……

珍：怎麼沒告訴你是嗎？那你有告訴過我你的事情嗎？我原先以爲我們可以一起分享一起努力的，我以爲你只是去當一般大專兵很快就回來，後來才知道你跟人家去簽四年半，爲什麼我都不知道？你有把我介紹給你家人過，或告訴我你家裡情形嗎？我甚至根本不知道你現在台灣哪個角落，我……我眞的對你很失望，我……哎算了，事情都已經決定了，看……看是要我恭喜你還是你祝福我，都隨便啦……嗯，至人，這是感情，也是人生。如果你沒辦法勇敢而執著的面對，在任何一個女孩子面前都永遠會是個失敗者，那……只能說到這裡了，以後……也請別再打電話來了。

珍那頭的電話早掛了，陳至人手裡緊緊抓著話筒發愣。

※　※　※

12營二連中山室門口掛著喜幛，上面寫『全國國軍莒光連隊』。

吳天明：來來來，這張桌子靠過去一點，再來一點……好了，長官們差不多要來了，我先到外面去其他的交給你們了。

吳天明招呼好擺設後走到門口，陳至人剛剛走到中山室門口跟著吳天明站在一起，營長，王連長的座車接連抵達，營上其他連長，以及王連長邀請的其他長官也跟著陸續到達。營長一下車就迎向吳天明及陳至人，副營長、王連長跟在旁邊，其他賓客也陸陸續續湊過來。

營長先伸出手握向吳天明。

營長：天明先恭喜你呀，升任副連長。

吳天明：謝謝營長、謝謝營長，都是學長們對學弟的照顧跟提拔。

副營長：實至名歸，眞的是實至名歸。

營長：哪裡那麼客氣，你自己表現不好，我批出去也沒用你說是吧？哈哈哈。

營長又走向陳至人。

陳至人正要伸出手，營長卻拍拍陳至人肩膀。

營長：陳至人表現也沒話說。

陳至人正開口要答話，營長轉頭向王連長。

營長：照于將軍的講法，你這兩員猛將，硬是要得，哈哈哈。

所有人都笑了出來。
王連長：是啊是啊，兩人的表現眞的太好，給我的壓力很大。
營長：嗯，你也是通過考驗才能夠過來接第二連，強加強的結合，沒問題的啦。
三連李連長：就是啊就是啊，同學你就別客氣了。
王連長：好了好了我們趕快進去吧，菜都涼了。
主桌賓客就位後開始杯觥交錯，吳天明在席間三不五時站起來招呼上菜及勸酒，士官兵桌則顯得比較拘謹，阿兵哥們因爲長官在場不太敢放開來喝。
陳至人到主桌禮貌性敬酒後，早早躲在角落士兵桌拉著弟兄們喝酒，見弟兄們根本放不開，乾脆自己放開來猛喝，沒多久已經銘鼎大醉，癱在牆角坐在地上喘大氣。
主桌上王連長問營長對陳至人會不會有新的安排。
營長：其實現在很傷腦筋，他想幹幕僚。
副營長：難得一個能帶兵的預官，上面不會放。
營部連長：那來我連上好了，我們副連長很快出缺了。
三連李連長：ㄟ……我們也很快出缺了啊。
王連長：你們都想得美！
王連長的話帶起一陣笑聲。
營長：好啦好啦，新排長快下來了，等新排長下來再說吧，喝酒喝酒。

王連長：來來來，乾乾乾！
王連長邊喝酒邊轉移視線到士官兵桌，剛好看見陳至人站起來，搖搖晃晃走出中山室。
王連長起身走到角落官兵桌。
王連長：你們怎麼把陳排長灌那麼醉？
士兵急著解釋。
士兵：沒有沒有喔，報告連長我們沒灌，是陳排自己一直喝一直喝，喝醉的。
王連長：啊？陳排自己喝的？
這時候營部連參一跟駕駛兵走進中山室找營部連長。
參一：報告連長，我們到時間了要去市區開會，派車令麻煩簽一下。
營部連長接過來派令後在上面簽字。
營部連：嗯，車子你們開去用，等下我搭營長的便車回去。

第二節　丟包

營部連的吉普車往市區方向急馳，駕駛兵跟參一在車裡面說話。

參一：等一下到憲兵隊送完文件後，憲兵隊參一要搭便車一起到團管區開會。

「呼嚕～」

駕駛兵：喂，你身體哪裡有問題，爲什麼呼吸這麼大聲？

參一：什麼？你自己才有問題。

駕駛兵：我是講眞的啊。

「呼嚕～」

駕駛兵：吼，有沒有有沒有？

參一：咦？奇怪……

參一回頭往後面座位底下張望，竟然看見座位底下伸出一條腿，嚇得哇哇大叫。

參一：啊～～～幹！有人啦！

駕駛兵聽到急踩緊急剎車，「吱～～～」地帶起一陣煙塵，後面車輛也跟著緊急剎車，緊接著「叭！叭！叭！叭！」鳴起抗議喇叭聲，駕駛兵趕緊探頭出去向後面的車子揮手道歉後，再緩緩把車靠路邊停放。

駕駛兵：幹，什麼事啦？
參一：你自己看，有人在後面。
駕駛兵跟參一到後座把椅子放倒，發現原來陳至人把自己癱擠在最後面。
參一：幹，這不是二連陳排，他怎麼在車上？
駕駛兵用力搖陳至人，根本搖不醒。
駕駛兵：那現在怎麼辦？先把他載回去？
參一：幹，涼拌啦，我怎麼知道怎麼辦？你剛剛開車前都不檢查的喔？
駕駛兵：怪我喔？我不是一直跟你在一起？
參一看看手錶。
參一：也不能載回去啊，都到這裡來了，時間來不及啦。
駕駛兵：那先上車吧，再想想辦法。
參一：他喝成這樣又不能載他去憲兵隊……幹怎麼這麼衰啦！
車子逐漸進入市區，駕駛兵老遠看到笑臉卡啦 OK 門口秀蓮帶著人在搬貨。
駕駛兵：啊，我有辦法了。
駕駛兵把車停在笑臉門口，跑去拜託秀蓮幫忙，把人暫時留在這邊。秀蓮開始不答應卻拗不過，剛好妮卡兒休假也在，就叫妮卡兒看看是有多醉……妮卡兒查看發現竟然是陳至人，把秀蓮拉到旁邊告訴秀蓮，秀蓮答應先把人扛到裡面自己的房間。

駕駛兵拼命道謝後轉頭離開，跟參一一起把陳至人扛進卡啦 OK。

順利放下陳至人，回頭上車正要離開時，秀蓮想一想又追到車旁把駕駛兵叫住。

秀蓮：我看這樣子吧，你們放心去開會不用回來了，這邊交給我來處理。喝這麼醉坐車吹風不好，先讓他在這邊休息，等完全醒來我再讓他自己回去。

駕駛兵跟參一連忙道謝。

駕駛兵：眞是太謝謝秀蓮姐了，我就知道秀蓮姐的心最好，找秀蓮姐幫忙準沒錯。

秀蓮：嘴巴那麼甜……有空過來找秀蓮姐多喝兩杯就好。好啦，你們趕快去忙吧。

第三節　宿醉

卡啦 OK 客人都走光了，牆上的時鐘停在凌晨三點。

秀蓮：妮卡兒你那個軍官醒了沒？

妮卡兒搖搖頭。

秀蓮：怎麼醉成這樣……不然我看這樣吧，店先打烊妳就留在這裡照顧好了。

妮卡兒無奈點點頭。

秀蓮：等下妳進去照顧就別再出來了，這種一定要盯著看免得吐了很麻煩的。等下如果福多兒過來，我叫他把摩托車鑰匙留在櫃檯，等醒了妳自己載他回去。

妮卡兒：可……可是姊這樣好嗎？

秀蓮：妳把人都留在這裡了，不然還有什麼比較好的辦法？

妮卡兒無奈點點頭。

妮卡兒：好像也只能這樣子了……那我進去嘍。

妮卡兒剛轉身要離開，秀蓮在後面吆喝。

秀蓮：喂，別忘記再打盆熱水進去幫他擦一擦容易醒。

妮卡兒剛剛進房間把門關上，福多兒後腳就走進店裡。

秀蓮：福多兒，妮卡兒今天喝醉了需要休息，你坐我的車我載你回去，摩托車鑰匙留在櫃檯，等妮卡兒清醒了自己騎回去。

福多兒：喔。

福多兒交出鑰匙給秀蓮放在櫃檯。

福多兒：妮卡兒人在哪裡？我進去看看？

秀蓮把福多兒往外面推，邊推邊說。

秀蓮：走啦走啦，有什麼好看的？女人喝醉的樣子難看死了，最討厭這種時候被看到，

遺址

趕快出去我要鎖門了。

兩人走出店門後秀蓮就把鐵門拉下。

※　※　※

回部落的路上，福多兒嘮嘮叨叨一直問到底發生了什麼事情，妮卡兒好好的怎麼可能喝醉？還怪秀蓮爲什麼要讓妮卡兒喝那麼多酒。秀蓮拗不過福多兒，深深地嘆了一口氣。

秀蓮：哎……怪還不是要怪你自己。

福多兒：我？怪我？我才剛剛到你說要怪我？

秀蓮：我問你，你從小照顧妮卡兒長大，每次她休假過來這邊玩，你還要那麼辛苦三更半夜跑來接她，你們到底進展如何？決定娶她了沒有？

福多兒：我當然想娶她，但每次提她總是說我們還年輕……

秀蓮：就是嘍，你知不知道女孩子的心思很細膩，尤其像妮卡兒又聰明又是這種敏感個性，說變就變你到底知不知道？

福多兒：姊，到底發生了什麼事，妮卡兒變了什麼？趕快告訴我好嗎？拜託拜託。

秀蓮：嗯，現在知道著急了哦，哎，看你那可憐相就老實告訴你吧。

福多兒：好好好，謝謝謝謝。

秀蓮：但你要先答應我，聽了以後該怎麼做你要自己想，絕對不可以讓妮卡兒知道是我說的，哼，尤其你那個衝動的個性，跟火車頭一樣。

福多兒：一定一定，姊你放心。

秀蓮：好吧，那我就說嘍，其實醉的不是妮卡兒，是她也不知到哪裡弄來個軍官，醉得不省人事，妮卡兒一定要把人留在裡面休息，自己留著照顧他，我勸她最好不要，勸也勸不聽。

福多兒聽了火冒三丈。

福多兒：什麼？有這種事？可惡……姊麻煩妳旁邊停車，我現在就回去！

秀蓮：你看看你就是這個土牛個性，才剛剛答應……

福多兒：不是，我……

秀蓮：我什麼我？你想幹嘛？你有什麼立場回去？

福多兒：啊……哎！

秀蓮：冷靜點聽我說，你連自己老婆什麼個性都搞不清楚，你這樣回去一輩子都別想娶她了。

福多兒：那……那我該怎麼辦？

秀蓮：什麼都不需要你辦，我看今天晚上狀況不至於會怎樣，越是這種狀況你就越是要控制好自己，別那麼粗魯，在旁邊陪著她就好，外面玩累了心就會自己回來，你勉強她，越壓迫她只能把她往外面推。

福多兒：喔。

秀蓮：還有喔，姊是把你當親弟弟看才偷偷告訴你提醒你，姊會暗中挺你，但如果你自己跑去質問妮卡兒讓她拉不下臉來把事情搞砸，我就幫不了你了。

福多兒憋住氣點點頭。

※　※　※

卡啦 OK 房間內，妮卡兒幫陳至人把身體跟臉用濕毛巾抹乾淨後，就呆呆的坐在床邊看著陳至人熟睡，等久自己也累了，便跟著躺上床擠在旁邊休息。

沒想到陳至人翻過身還把手壓上妮卡兒，嘴裡唸著小珍，妮卡兒只能一直擋，陳至人更是用力抱緊妮卡兒唸著小珍就要親上去，妮卡兒趕緊用手把臉捂住，緊要關頭陳至人睜開眼睛看抱的人是妮卡兒嚇了一跳，趕緊把手放開。

陳至人：啊……妳不是那個……怎麼又是妳在我床上？我在作夢？

陳至人說完拍拍自己腦袋，揉揉眼睛才看清楚自己在一個陌生房間。

妮卡兒：看清楚這不是你房間了吼？這裡是蓮姊卡啦 OK 她自己的房間，是傍晚有人把你送過來的。

陳至人：啊？
妮卡兒：我問你你經常來這裡？不然怎麼跟我們小珍那麼熟？
陳至人先看看妮卡兒，再把房間又看了一遍。
陳至人：我根本不知道這是哪裡。
妮卡兒：笑臉，就笑臉啊？
陳至人：笑臉？神經，我還哭臉咧。
說完跳下床，把衣服整理整理。
妮卡兒：那你幹嘛睡覺還一直叫小珍？還又要抱又要親？
陳至人：我？……哎呀我知道了，剛剛應該是在做夢，那是我女朋友啦。
妮卡兒瞪大眼睛繃緊神經。
妮卡兒：什麼？原來你有女朋友？你……
陳至人點點頭。
陳至人：不過散了，剛剛散的。
妮卡兒放鬆下來。
妮卡兒：算了，既然醒了，那我們現在離開吧。
陳至人：離開？去哪裡……對吼，現在幾點了？
妮卡兒：先生，嘟……下面音響超過早上四點半。

陳至人瞪大眼睛。

陳至人：早上四點半？不行不行，趕快走趕快走，我還要回去早點名……這邊哪裡有計程車可以叫？

妮卡兒：不必啦少爺，我有留摩托車一起騎回去，趕快走吧。

兩人走到門外，妮卡兒拉下鐵門，把安全帽交給陳至人後，又把機車鑰匙交給陳至人。

陳至人：這個？不行不行。

妮卡兒：當然是男生載女生啊……不會吧，你不會是要告訴我，連這個都不會騎？

陳至人：是軍人規定不能騎機車……眞的要麻煩妳了。

妮卡兒：哎，算了。

兩人一邊戴安全帽。

妮卡兒：ㄟ，我問你喔，我不是有留 bbcall 給你，爲什麼你從來沒有打過？

陳至人：就身體都好好的，沒有不舒服啊。

妮卡兒聽到嘴裡嘟囔著。

妮卡兒：喔，原來是身體沒不舒服就不用回喔，枉費我還跟你說可以當朋友。

陳至人趕緊邊做手勢邊解釋。

陳至人：不是啦，哎呀部隊電話很難打啦，妳知道我們的電話是用搖桿這樣子搖搖搖的嗎？那種電話要怎樣打 bbcall？

妮卡兒瞪了陳至人一眼。
妮卡兒：好啦，趕快上車啦。
妮卡兒把機車剛剛騎上路，又把速度放慢回頭問陳至人。
妮卡兒：ㄟ，你跟那個小珍結果是誰甩誰？
陳至人：小姊姊，麻煩專心騎車好不好，天快要亮了。
妮卡兒：哼，不說就不說，小氣！
妮卡兒說完猛力加足油門，機車像脫兔般衝出去，陳至人嚇一跳。
陳至人：喂，小心一點啦！

第四節　調度

隨著各工區工程全面展開，對鎖鋼模用的連桿用量逐漸增大，日夜不停趕工，負責幫全工區車連桿的總倉車床機終於不堪負荷嚴重故障，且因東部交通不方便，維修調度不容易，造成使用單位大塞車，進度走在最前面的12營二連需求量最大，影響最嚴重，連長室內營長正在跟王連長商討應變。

王連長：申請是很早就遞五百支的單了，我已經派人私底下去調查全工區儲存狀況，正在等他們回報，眼前我最急需的是一百二十支，不知道能不能擠得出來……

「嗯～」陳至人獨自躲在房間喝得迷迷糊糊，聽到門縫傳來營長跟連長談話的聲音。陳至人打個飽嗝又按摩一下腦門醒腦，把門縫再撥開一些仔細聽。

營長：嗯，對，或許私底下問會有不一樣的答案回來，再來看看怎麼處理比較好……對了，陳至人最近怎麼回事？感覺精神不太一樣，有點煥散，人呢？

王連長：他呀？不知道，好像是有什麼私人問題沒擺平，苦悶苦悶的，說了他幾次也……

營長：我去找他談談。

王連長：ㄟ……營長……

營長說完要站起來，王連長趕緊起身，對營長搖了搖手指。

吳天明：報告！

營長：耶，是吳副連，進來進來，別客氣。

吳天明帶著工程士跟材料士進連長室。

吳天明：營長好……報告連長，我們連上鋼模的連桿，這塊灌完漿就只剩下三十支了。

王連長：是啊，我知道，營長來正是跟我商量這件事，主要指揮所車床機壞了，全營區都缺貨，新機器進來至少還半個月，有可能停工。

材料士：報告營長連長，不是全營區缺貨，我查過了，是全營區只剩一百五十支在么四營。

營長：那一百五十支是人家么四營要用的，我們總不能去硬搬人家要用的材料，叫人家停工？

工程士：不不不，報告營長連長，一百五十支還在總倉庫，只是他們不敢講……

吳天明：他們只是推來推去不敢承認，怕麻煩。那批貨是二連早早訂好的貨，但是頂版要用的，他們還在做側牆所以庫存，沒有二連連長同意誰都不准動。

營長／連長：什麼？

營長連長互相對望。

王連長：二連？那不是吳孟武？劉連長同學，我學長？

營長：學長歸學長，現在煩他的人一定很多，這種狀況你別一下子衝出去，看能不能找個人先探一下他的意思，緩一下。

陳至人已經走出房間出現在連長室門口。

陳至人：報告！

陳至人滿臉通紅站在連長室門口。

營長：陳排？還好吧？

陳至人：我OK，沒事……營長連長，明天我來搞定吧？

王連長：什麼？

陳至人：我說……連桿這件事……咳咳……我來搞定！

陳至人說完正要轉身回房間。

營長：喂，陳排，你還好吧？

陳至人停住，回頭笑了一下。

陳至人：營長放心，我沒事。

※　※　※

吳連長：劉工程師，你這樣說就不對了，我們可是規規矩矩按您的意思把工作完成的，怎麼又說是我們的不對？

劉工程師：吳連，是的，本體都是按檢查要求的完成沒錯，可我很早就告訴你們配重不足水泥塊還要增加，你們一直沒做到啊！

吳連長：那是預拌廠來不及做，但等他們做好加養護，我全連停擺了……配重又不是工程主體。

姚上尉：重點是那現在弄成這樣，鋼模爆模該怎樣收尾？

14營二連正進行側牆灌漿卻發生爆模狀況，剛發生引起吳連長跟指揮所監造姚上尉及劉工程師面紅耳赤爭論，現場人員圍觀，沒有人發現陳至人開著吉普車悄悄靠近。

陳至人把車停在不遠處，先走到等待灌漿的另一塊相對側牆查看了一下，再往人群接近。

劉工程師：無論如何，一定要把爆出來的漿全部處理乾淨才能繼……咦？你怎麼來了？

劉工程師先發現陳至人，吳連長及姚上尉也趕緊回頭看。

吳連長：陳至人？你怎麼會在這裡出現？

陳至人走到吳連長旁邊，姚上尉拍了陳至人一下。

陳至人：哈哈報告連長，是我們連長要我趕緊過來幫忙的。

姚上尉跟劉工程師聽到都掩著嘴笑。

吳連長：你屁啦，才剛爆模你人就到，你們王連長算命的？

一直臭張臉的吳連長也笑出來。

陳至人：好了啦連長，劉工、姚上尉，先別扯了搶時間要緊……配重的事後面再說，劉工、姚上尉，按標準程序爆漿是要全部清掉，但如果全部清乾淨等於連隊這塊要全部炸掉重做了，這樣說同不同意？

劉工、姚上尉都點點頭。

陳至人：那如果只清除必要的部分不清除全面，結果只是牆體壁厚加厚，並不影響做頂版，外觀將來都埋在土裡面，壁厚增加一點反而對結構有好處，只是防水要多花一點點材料，這點能不能成立？

姚上尉：那多花不了多少材料，不是重點。

劉工程師思考了一下。

劉工程師：這樣子說也是沒錯。

吳連長也在旁邊點點頭。

陳至人：那好吧我們朝這方向處理……連長，有沒有哪位排長可以幫我忙？

董排：陳排，我來我來。

連長還沒回話，旁邊董排趕緊跟上來，眾人走到爆模處。

陳至人：董排，灌漿灌多久了？

董排：大概半小時左右吧？

陳至人：半小時就灌那麼多了？嗯，那還有一點時間……麻煩幫我找人先把這邊到那邊的漿清理乾淨，動作要快，另外千斤頂至少要二顆，手拉吊車現場有多少拿多少來，還有記得中心點掛上大錘球，還要焊工待命……喔對了灌漿先移過去灌對面那塊，記得灌約五十公分高停下來。

※　※　※

陳至人：來，這邊頂一下。

陳至人：嗯，手拉吊車兩邊同時拉……再拉……對，好了，固定別動。

陳至人：這段到這段一定要有焊道，別只用點焊……

半個小時後循序漸進完成修復，劉工程師爬上鋼模架重新檢查，吳連長鬆了一口氣走回吉普車坐在車上掛起墨鏡。

劉工程師：可以是可以了……不過配重方面……

陳至人：配重不足可以用控制灌漿速度來彌補，但董排你們剛才太快了，一口氣衝過中間點才會倒頭栽，下次記住兩邊要同時分層輪流灌，一層不要超過五十公分，要隨時注意傾倒力矩的問題。

董排：喔，原來是這樣，瞭解了。

姚上尉：啊~太好了那邊有推土機，剛好可以代替配重，你們先灌，我去叫。

姚上尉說完朝推土機方向快步走過去，董排也趕緊回去招呼部隊。

劉工程師：董排，記得先淋上水泥油處理斷面！

陳至人往吉普車方向看了一下，吳連長朝陳至人招手，陳至人朝吉普車走過去。

吳連長：謝啦陳排，多虧你。

陳至人：哈哈連長，別客氣了。

陳至人陪著笑臉，但是吳連長沉下臉來。

遺址

吳連長：不過……你老實說你爲什麼突然冒出來？

陳至人：那我告訴連長，我們王連長知道你有狀況叫我趕過來的，連長信不信？

吳連長：我就說你放屁，鬼才信！快，給我說老實話。

吳連長露出狡猾的得意笑容。

陳至人：哈哈哈好吧連長，確實是剛巧碰到的。

吳連長：這麼碰巧？眞的沒人叫你來？

陳至人：沒人知道你們這邊有狀況，但我當然是無事不登三寶殿。

吳連長：王八蛋，我就知道你這頭黃鼠狼給雞拜年……什麼事？快說！

陳至人：是來找連長借東西的。

吳連長：借東西？貴連跟我們井水不犯河水，有什麼東西好借的？

吳連長其實心裡已經有數，裝傻問著，陳至人卻盯著吳連長的太陽眼鏡。

陳至人：老實說我感覺連長應該已經知道我想借什麼了。

吳連長用手指拉下太陽眼鏡。

吳連長：幹，我早就知道你也是想來借連桿！我連上沒……

吳連還沒說完，陳至人搶著接話。

陳至人：連長我都弄清楚了，總倉那一百五十支沒有吳孟武連長下條子誰都不准動。

吳連長：哼哼，既然都弄清楚了，那你還來找我幹嘛？他媽的每天都有人找我調，煩不煩！

多好？

陳至人：所以我來幫連長嘍，東西我借走就沒人再來煩你了。你看來一趟連幫你兩次，

吳連長狠狠瞪了陳至人一眼。

吳連長：去你媽的，我借你東西變成還要跟你說謝謝，還有這種道理？不過……好吧看在你剛才眞的幫了我，說來我聽聽看，想借多少？什麼條件跟我談？總不至於東西借你，卻害我自己喝西北風吧？

陳至人：哈哈哈不會，當然不會，吳連果然英明……連長的連桿主要是接手頂版用的，還有一次側牆才會開始頂版，一個禮拜側牆加上一個禮拜綁鋼筋，等到頂版封模最少也還三個禮拜時間，我總共需要借一百二十支連桿，連長手上一百五十支，剩下三十支剛好足夠下一段側牆用。

吳連長：操你眞是個鬼，原來連這些，都老早幫我算計得清清楚楚才過來的？

陳至人笑出來。

陳至人：連長我們是過來人嘍……那總倉把機器弄好開始生產需要兩個禮拜，我這邊老早下了五百支訂單，我查過了排程生產我是第一個，這樣算兩個禮拜後我拿到連桿送過來時間上還剛剛好，絕對不會害到連長。

吳連長：剛剛好？你就那麼有把握，什麼事情都那麼精準不會被耽誤？

陳至人：那當然，這可是拿我連上效率當保證的，肯定不能耽誤……怎麼說我也是吳連長的同學一手帶出來的，當然不能丟臉，對吧？

吳連長：同學同學，去你媽的好同學，我同學又不是只有他一個……算了，大家做這些也都是爲了國家。

吳連長又狠狠瞪陳至人後，搖搖頭拿出紙筆開始寫條子，陳至人掩不住心裡面偷笑，吳連開好條子後塞進陳至人手裡。

吳連長：沒話講，算你狠……去，給我滾，別再來煩我！

陳至人：好好好，好說好說，我滾，我滾！

陳至人喜出望外，跳下車朝自己車的方向跑，跑沒兩步吳連在背後「叭！叭！叭！」猛按喇叭，吳連長探出頭來大聲叫喊。

吳連長：喂！要領就要快，要是上面有其他指示，幫不上忙你可別怪我！

陳至人舉起抓著紙條的手，向後用力揮一揮。

第五節　解鈴

福多兒家裡，福多兒的爸爸頭目夷將獨自在客廳喝酒吃菜，媽媽從裡面端了一盤菜出來。

頭目：福多兒有沒在家？叫兒子過來一起喝酒。

媽媽打了個眼神搖搖頭。

頭目：是怎樣？還在心情不好？

媽媽：沒辦法，兩天都不說話。

頭目舉起酒杯一大口喝下肚子後站起來。

頭目：可惡，我去找淑金算帳，到底在搞什麼鬼。

福多兒從房間裡面衝出來。

福多兒：阿爸，你敢去以後什麼事我都不會告訴你！

頭目：哦，我家的少爺總算願意出來了？那請問先生不然怎麼辦？是我兒子被欺負耶。

福多兒：你去沒用啊，你去了妮卡兒一輩子都不會再理我。

媽媽：福多兒說的不是沒有道理，妮卡兒那女孩子又聰明個性又這麼強，她媽媽也管不住她的，你這樣子去可能只會搞破壞。而且福多兒也只是聽別人說的，對不對？沒有證明。

媽媽轉頭看福多兒，福多兒點點頭。

頭目：那你怎麼不去找妮卡兒問個仔細明白？

媽媽：傻瓜喔，女孩子這種事情哪裡有人這樣子問？

福多兒：我……我是怕她騙我。

媽媽：除非眞的什麼事都沒有，如果有肯定百分之百騙人。

頭目：傷個腦筋捏……

頭目拿起酒又仰起腦袋狠狠一口喝掉後手上拿著杯子站起來圍著桌子繞圈圈，左繞繞後右繞繞，繞完圈圈又坐下倒了一杯酒一口乾掉……突然放下酒杯用力一拍。

頭目：喔，有了，嘿嘿……有嘍有嘍有嘍……福多兒我問你，你們那些兄弟裡面有幾對是這樣這樣這樣子的啊？

福多兒：這樣這樣是怎樣？

頭目：啊就……

媽媽：你阿爸是問男女朋友啦。

福多兒：我跟妮卡兒不算，就還有三對。

頭目：哈哈哈三對？剛剛好，辦情人祭！

媽媽：情人祭？豐年祭都過了怎麼可以辦情人祭？

頭目：誰規定一定要豐年祭才能辦情人祭？中秋節不能辦？

媽媽／福多兒：中秋節？
頭目：嘿啊……中秋節本來就是情人的日子不是嗎？
福多兒：可是……可是從我小時候到現在族裡從來也沒辦過情人祭？
頭目：你小時候沒辦過我小時候有哇！
頭目得意的看著兩人。
頭目：好啦好啦別問啦，這事情我說了就算。中秋節本來就要辦烤肉活動，烤肉的時後增加情人祭，讓妮卡兒也來參加挑選，這樣妮卡兒也不能不參加，也不能不挑選，等情人袋往福多兒背後一放，不就什麼事情都清楚明白了嗎？嘿嘿嘿，算是……特別節目，對對對，同場加映特別節目。
媽媽：哎唷，那只剩下兩個禮拜，我要趕緊來告訴巴奈，她要準備。
頭目：當然當然，巴奈是女巫當然她要主持。

第六節　選擇

妮卡兒跟秀蓮一起去喝豬血湯，剛剛坐下妮卡兒就 bbcall 響。

妮卡兒拿起來看了一下。

妮卡兒：姊妳幫我點一下，我去回一下電話。

妮卡兒出去幾分鐘後打完電話回到座位。

妮卡兒：是福多兒，說什麼他阿爸說今年中秋烤肉要辦情人祭，叫我也要準備。

秀蓮：準備？那妳要準備什麼？

妮卡兒：不知道啊，以前又沒辦過。

秀蓮：情人祭是女生把情人袋給情人，那妳在族人面前把情人袋交給福多兒，等於是在祖靈面前發誓，就什麼事情都要決定了捏？

妮卡兒眼睛瞪好大，點點頭，想一下又搖搖頭。

秀蓮：不想要？妳不喜歡福多兒？

妮卡兒：不是啦，就……哎呀人家就不想這麼早做決定嘛，怎麼辦？

秀蓮：好啦我的好妹妹，姊姊來想想看……嗯，有了。

妮卡兒：快快快，什麼好辦法？

秀蓮：這樣，把你那個軍官一起帶過去。

妮卡兒眼睛嘴巴張好大說不出話來，秀蓮笑出來。

秀蓮：哈哈妳幹嘛？

妮卡兒用誇張的表情回答。

妮卡兒：把他帶去？那……

秀蓮：哈哈這是唯一可以幫妳解套的辦法，聽不聽姊姊說？

妮卡兒用力眨眨眼點點頭。

秀蓮：來妳聽我說，情人祭妳帶他去，就說是帶台北的朋友來參加。輪到妳的時候，妳就說希望朋友也有參與感。然後妳就把情人袋給軍官就好了。

妮卡兒：就好了？那……那福多兒怎麼辦？

秀蓮：那那那……那怕不公平的話妳就準備兩個袋子，一人一個好嘍。

妮卡兒軟下來嘟著嘴瞪著秀蓮。

妮卡兒：死三八，哪裡有人這樣。

秀蓮：哈哈，誰叫妳愛插話，來來來聽清楚我教妳……

第七節　情人袋

皎潔無雲的中秋月光下，輕爽和風徐徐吹拂部落廣場，烤架肉香四溢伴隨輕煙處處，男男女女挨戶串門笑鬧，把歡樂填滿廣場每個角落。

廣場前舞台上主持宣布後瞬間安靜，音樂在女巫巴奈向祖靈祈禱後響起，由部落裡傳統服飾的年輕女孩載歌載舞拉開序幕，宣告情人祭正式開始。

廣場裡古拉斯正在烤肉，妮卡兒媽媽跟陳至人坐在烤肉架邊，陳至人手裡拿著米酒杯，盯著舞台上看得出神，正在跳舞的妮卡兒時不時跟陳至人互換一下眼神。

媽媽緊盯著陳至人看，小聲問古拉斯。

媽媽：喂，這個軍官怎麼回事？

古拉斯：不知道啊，我只知道很久以前妮卡兒跟他撞了車，不過很久沒聽妮卡兒講到他了。

媽媽狠捏了古拉斯一把。

媽媽：你呀跟豬一樣就知道吃，妹妹的事什麼都不知道。

古拉斯：吼這樣也怪我喔？

媽媽：不怪你怪誰？有這種事沒跟媽媽講就是不對。

說完又是一個狠捏，古拉斯「哎唷！」一聲叫出來。

古拉斯拿著烤好的肉串到陳至人旁邊，低頭順著目光看向舞台。

古拉斯：長官我妹妹好漂亮吼。

陳至人微笑著點點頭。

古拉斯：長官要不要來一串香噴噴的烤肉，這樣邊吃烤肉邊喝小米酒看我妹妹會更漂亮喔。

陳至人發現失態趕緊回頭尷尬地道歉，並接下烤肉串。

媽媽拿起杯子敬陳至人。

媽媽：歡迎長官來部落玩。

陳至人：謝謝伯母，謝謝伯母。

舉杯喝酒後媽媽又問陳至人。

媽媽：長官應該不是本地人，請問長官的家在哪裡？家裡從事哪方面的？

陳至人：喔，我是台北人，當兵來這裡服務的。我家……嗯嗯，我爸爸是開公司的。

陳至人說話的同時福多兒已經站在陳至人背後，古拉斯對福多兒吆喝。

古拉斯：ㄟ，福多兒，趕快趕快，這是工兵營長官，趕快跟長官敬酒！

福多兒彎下腰來端詳陳至人後，臉上帶著誇張的表情。

福多兒：哇~這麼難得邀請到長官來一起熱鬧，一定要敬好敬滿的啦，大家都是鄰居以後多多關照啦。

陳至人：不敢不敢。

福多兒邊說邊幫陳至人倒酒。

古拉斯：長官這是福多兒，是我們頭目的兒子，這邊年輕人都聽他指揮的啦。

陳至人：你好你好。

陳至人禮貌的把酒乾杯。

古拉斯：長官你知不知道福多兒這個名字是什麼意思？就是 O-gi，一根長長的 O-gi，O-gi，好大一根的啦。

福多兒：喂喂喂什麼叫做好大一根，第一次跟長官見面也給點面子好嗎？

媽媽：長官你別聽他亂說，是阿密斯，我們阿美族勇士的意思。

福多兒嘿嘿嘿的笑，然後突然想到什麼又仔細看了一下陳至人。

福多兒：長官我看你有點面熟，好像在哪裡見過面？

陳至人看著福多兒搖搖頭停了一下，忽然拍了一下腦袋。

陳至人：啊~想起來了，你打獵跑到大門剛好碰到，對不對？

福多兒：對對對就是那次，追野豬那次。

古拉斯：吼，原來你們也認識喔？你們怎樣認識的？

福多兒：哎~別問了，好糗，打獵打到差點被衛兵開槍。

古拉斯：開槍？這樣嚴重？

福多兒：是啊，好在長官剛剛好來阻止了，不過長官真的好嚴格喔。

陳至人：不好意思啦，部隊規定就是這樣，讓你受委屈，多包涵了。

福多兒：奇怪長官今天講話好客氣，跟那天都不一樣。

福多兒說完引起大家的笑聲，這時候舞台上山婆婆拿著麥克風叫所有單身漢到前面集合。

福多兒：長官那你在這裡跟古拉斯多喝兩杯，我先上去了。

陳至人：好，好，加油！

福多兒轉頭跑向舞台，妮卡兒卻從另外一個方向過來，看見陳至人的臉紅通通的不太高興。

妮卡兒：哥，你怎麼讓我朋友喝這麼多酒？

古拉斯：不不不是我喔，怪要怪福多兒，都是他，他們乾杯。

妮卡兒：哼，死福多兒，回頭找他算帳。

陳至人：沒關係沒關係，難得開心的一個夜晚。

妮卡兒拉起陳至人的手。

妮卡兒：走，我們到前面去。

陳至人：啊？我也要去？

妮卡兒：當然啊，你不是也單身嗎？

陳至人「喔、喔」的起身跟著走，但兩人的互動媽媽看在眼裡若有所思。

※　※　※

部落單身漢圍成一圈坐在舞台前空地，妮卡兒跑上舞台，臉上僵硬的表情跟山婆婆說了幾句話，山婆婆點點頭又回頭跟頭目交頭接耳，頭目面有難色，山婆婆又跟頭目說了一下，頭目勉強點點頭，山婆婆轉身向大家宣布。

山婆婆：今天我們有貴賓來到這裡，我們歡迎台北來，也是單身的工兵營陳長官一起參加我們的活動。

舞台底下起了一陣騷動，妮卡兒很開心把陳至人安排在多福兒旁邊，頭目向福多兒打了個眼色，福多兒略略點點頭。

福多兒：原來長官你也要參加，來來坐下坐下。

陳至人小聲側著頭問福多兒。

陳至人：可是我不知道要做什麼？

福多兒：什麼都不用做，女孩開始繞圈時安靜雙眼緊閉低頭，等唱歌結束再抬起頭就可以。

音樂開始，第一個女孩進場，族人們開始唱歌。

山婆婆開始簡單祈禱後女孩開始繞圈，當唱歌結束時女孩已經停在其中一個男孩身後，並把身上的情人袋放在那個男孩背後。每個男孩抬頭向後看，女孩面前的男孩拿起袋子站起來牽起女孩的手，所有人站起來鼓掌歡呼。

山婆婆開始大聲誦唸祝福，陳至人恍然大悟一邊跟著鼓掌，側著頭問福多兒。

陳至人：原來你們是女生挑情人？

福多兒：哈哈，那長官你以為坐在這裡要幹嘛？

陳至人：對了請教你一下，那位主持不是晚上在我們後面山裡賣麵的婆婆？

福多兒：是啊，婆婆是我們的女巫，這類慶典都必須由女巫主持。

陳至人：喔，原來是這樣，是用女巫的身分在主持。

福多兒眼神詭異的閃了一下，回頭告訴陳至人。

福多兒：我們都叫她山婆婆，那婆婆年紀大快退位了，你知不知道接班的新女巫是誰？

陳至人搖搖頭，福多兒哼笑了一下。

福多兒：就是妮卡兒，你說的竹君，是我們祖靈指定的女巫接班人。

陳至人「啊！」了一聲，驚訝得說不出話來。

※　※　※

剛剛又完成一對情人，眾人鼓掌喧鬧，喧鬧聲中山婆婆透過麥克風向眾人宣布。

山婆婆：恭喜前三對得到祖靈的祝福，第四對情人開始，請美麗的妮卡兒進場。

單身漢們再次坐下緊閉雙眼低下頭。

喧嘩口哨聲四起，妮卡兒揹著情人袋走進場，所有人安靜……音樂再度響起，族人們開始唱歌，山婆婆簡單禱告後妮卡兒開始繞圈……歌聲快停止時，妮卡兒的腳步在福多兒背後停了下來。

感受到暗暗愛戀著的人已經站在自己的背後，福多兒緊閉著雙眼，溫暖而自信的笑容掛在臉上，耐心的等待妮卡兒最後在自己的背後放下情人袋……妮卡兒垂下雙手，卻在歌聲停止前橫移了一步，把情人袋放在陳至人背後。

族人嘩然立即噓聲四起，福多兒發現後拉下臉來迅速起立轉身，怒火寫在臉上。

陳至人則遲疑起身，並沒有拿起情人袋。

所有年輕人怒氣寫在臉上圍向陳至人跟福多兒，有的擋在福多兒面前安慰，也有人把妮卡兒擋到外圍，「喂，你什麼意思？」更多人向陳至人質問。

山婆婆跟頭目趕緊衝向群眾，妮卡兒的媽媽也趕緊拉著哥哥往內擠，最前面的青年質問陳至人。

青年：妮卡兒變成你的情人，你怎麼說？

陳至人：不好意思，我以為自己只是來參觀，還搞不清楚現在什麼狀況。

陳至人的回答沒辦法讓人接受。

青年：什麼？你這王八還不敢承認？這樣說連妮卡兒的感情都被你欺騙？媽的老早就看你不順眼了！

說完一拳揮向陳至人，妮卡兒驚慌尖叫。

妮卡兒：啊~

起鬨吵雜聲中陳至人一抬手接住拳頭用力頂回去，青年一個踉蹌「砰！」一聲跌倒在地上，圍觀眾人激憤叫吼，旁邊另一青年又揮拳過來，被陳至人閃身後過肩摔在地上，陳至人冷冽盯著地上的青年。

陳至人：不要隨便對我動手。

頭目：喂！住手！通通給我住手！你們在幹什麼？

頭目大聲喝止，其他青年不敢再動，山婆婆跟妮卡兒媽媽也擠到旁邊。

頭目：妮卡兒妳過來我這邊。

妮卡兒怯生生地走到頭目面前。

頭目：妮卡兒可不可以告訴我跟長官是什麼關係？

妮卡兒點點頭。

妮卡兒：我們是因為他在工兵營做工程受傷住院，認識變成朋友的。

山婆婆露出恍然大悟的表情。
頭目：是不是兩人已經開始談戀愛了，心裡是怎麼想的？
妮卡兒：還沒有，只是感覺他人還不錯，所以邀請他來一起參加活動……嗯，我想說自己學校剛剛畢業，感覺年紀還小想多看看外面，給自己保留多一點點空間，今天眞的沒辦法決定感情，所以邀請朋友一起來熱鬧。
群眾騷動，裡面有人大聲喊「妳不覺得這樣很對不起一個人嗎？」
妮卡兒：對不起嘛，人家是想如果勉強自己再反悔就是在對祖靈說謊了。
山婆婆聽到這句話點點頭露出了微笑，妮卡兒媽媽也問妮卡兒。
媽媽：感情的事情要妳自己決定，但是大家都知道福多兒從小很疼妳，一直默默在保護妳，弄成這樣有沒有話想跟福多兒說？
妮卡兒掏出 bbcall 緩慢走向福多兒。
妮卡兒：福多兒對不起今天弄成這樣，謝謝你從小到大這麼照顧我，但感情的事情不一樣，今天眞的沒辦法，請你原諒。
說完伸手抓起福多兒的手掌，把 bbcall 放在福多兒的掌心。
福多兒緊緊抓住 bbcall，紅著眼睛緊抿嘴唇，望向天空深深吸了一口氣後，又轉回頭打開妮卡兒的手掌把 bbcall 放回妮卡兒手心。
福多兒：妮卡兒妳的意思我明白了，但是在妳還沒決定感情以前，我還是跟以前一樣，像哥哥一樣要保護妳，所以這個妳還是需要，請妳收起來。

妮卡兒兩眼泛淚，福多兒用手指幫妮卡兒擦眼淚，妮卡兒忍不住緊緊擁抱住福多兒。

全部人熱烈鼓掌，頭目跟山婆婆交頭接耳後由山婆婆宣布。

山婆婆：因爲妮卡兒還沒決定自己的感情，所以第四對情人妮卡兒跟陳長官還不可以得到祖靈的祝福。

眾人又鼓掌，山婆婆說話的同時頭目走過去撿起地上的情人袋。

頭目先掂一掂情人袋，開玩笑問妮卡兒。

頭目：哇~妮卡兒妳是裝了石頭在裡面？這個袋袋怎麼這麼的重？

群眾爆笑，妮卡兒也破涕爲笑，靠過來陳至人身邊。

頭目把情人袋好好掛在陳至人肩膀上拍一拍。

頭目：妮卡兒你們也去玩吧，把我們部落好好的介紹給妳朋友認識。

眾人噓聲四起。

妮卡兒：謝謝頭目。

說完後開心拉著陳至人往樹下的摩托車跑去。

第八節　遊艇

情人祭結束後，妮卡兒騎車載陳至人到海邊上了一艘遊艇，遊艇甲板上妮卡兒拿著煙花棒胡亂揮舞玩得很開心，陳至人則坐在地上靠著船舷喝飲料看妮卡兒玩，手裡還拿一支已經燒沒了的煙花棒，陪著妮卡兒看著笑著。

妮卡兒手上煙花燒沒了，又來找陳至人拿新的，陳至人打開情人袋給妮卡兒看。

陳至人：都沒了，全部給妳燒光啦。

妮卡兒：哎唷，這麼快真沒意思。

皺皺眉頭堵堵嘴。

妮卡兒：那好吧，我也坐下來聊天。

妮卡兒把地上的煙花屑胡亂掃開後靠著至人坐下來，從袋裡掏出一罐飲料喝，喝幾口後展開雙手伸伸懶腰，乘著涼風享受快意。

陳至人：福多兒算是你們部落王子對吧？他很喜歡妳？

妮卡兒：他呀？……嗯嗯，是啊，從小就很照顧我，像大哥哥一樣。

陳至人：大哥哥？鬼才信，剛剛的場面，我感覺根本這袋子應該擺在他那邊才對。才會搞到我突然好像得罪全村一樣，對吧？

妮卡兒：怎樣？擺你這邊不好嗎？哼，那算了，不要就不要，還我，誰也不欠誰，我走了，再……見。

妮卡兒說完一把搶回去，一下子爬起身就要走，被陳至人一把拉住。

陳至人：喂妳幹嘛？我又沒說不好，來啦來啦坐下坐下……來嘛。

妮卡兒把手掙脫悻悻然坐回陳至人身邊，陳至人把東西拿回手上。

妮卡兒：哼哼，嗯……好嘛我承認今天只是拿你當擋箭牌，不過不許你亂想，你……嗯只是還可以，不過……我們還不太熟。

陳至人：不太熟？我全身都被你看光光，還為妳打架了還不太熟？

妮卡兒：喂！看光光那是工作，工作，工作不可以算！

陳至人：工作就不算？那怎麼可以，不不不一點也不公平。

妮卡兒：你……這種事還要公平？哼，你這隻色鬼壞蛋想怎樣才公平？

陳至人：不是啦，我還有一個問題想問妳，那……妳回答完就兩不相欠，我們先當好朋友，就先……友達以上，戀人未滿，這樣可以吧？

妮卡兒：還有問題？你問題兒童啊怎麼那麼多問題？不過……友達以上，戀人未滿？嘻嘻，那還差不多，那你問吧……喂喂等一下，太敏感的私人問題不許問！

陳至人：放心不會啦，我是想問妳，妳……眞的是女巫？妳會法術？

妮卡兒聽到噗嗤笑出來。

妮卡兒：法術？當然會啊，簡單，你敢欺負我，我連你的雞雞都把你變不見。

說完唸起咒語比手劃腳假裝開始作法。

陳至人聽到瞠目結舌，妮卡兒嘻皮笑臉偷看陳至人表情。

妮卡兒：哈哈騙你的啦我哪會，只是他們都說我出生時手裡握著巫珠，就說我是祖靈指定山婆婆的傳人。

陳至人：那妳跟山婆婆學法術了？

妮卡兒：才不要，她超討厭好不，我跟你說我發現山婆婆根本是黑巫，整天怪里怪氣。

陳至人：黑巫？她對妳很好啊，剛剛還幫我們講話？

妮卡兒回頭看了一眼陳至人。

妮卡兒：是呀，怎樣你沒想到吧？巫師也有分好的白巫跟幹壞事的黑巫。哎呀有些事情我跟你說也聽不懂的啦。

妮卡兒突然頓了一下。

妮卡兒：現在是怎樣？你很在意這個？

陳至人：在意？那個還沒想到，只是今天聽到時候很驚訝，上次妳還告訴我有去教會。

妮卡兒眼睛一亮。

妮卡兒：教會對呀，我超喜歡教會，還跟著朋友他們參加受洗呢。

陳至人聽到不可置信。

陳至人：妳？教會？受洗？

妮卡兒眨眨大眼睛用力點點頭「嗯！」了一聲。

陳至人：等一下等一下，妳……不是女巫……那……也可以受洗？受洗女巫？

妮卡兒用力搥了至人一下。

妮卡兒：去你的，不可以喔？

陳至人：喔不不，不要誤會，我是說……那……妳家人，不只不只，應該說妳族人，他們知道嗎？

妮卡兒：除了一些也是教徒，其他他們哪裡懂這個啊。

妮卡兒把頭倚在至人肩膀。

妮卡兒：唉，其實我很羨慕你們可以自由自在選擇自己的信仰，不像我，剛出生就被神指定。

妮卡兒：偷偷跟你說，其實我有一個願望。

妮卡兒突然起身回過頭跟陳至人對望。

妮卡兒：跟你講不准說出去！

陳至人笑著點點頭。

妮卡兒放心的又把頭倚在陳至人臂膀上。

妮卡兒：我的願望就是讓我們部落全部改信基督教，不需要女巫了，那該有多好。

陳至人有點驚訝想開口，但是妮卡兒沒理繼續說。
妮卡兒：不過，唉，很煩，真的好煩好煩。
妮卡兒嘆口氣坐起來。
陳至人：聽起來很厲害啊，怎麼煩了？
妮卡兒轉頭看看陳至人又回頭看著地上。
妮卡兒：距離，就距離啊，好煩。
陳至人：距離？
妮卡兒點點頭：嗯，對，是距離，就人與人的距離，心與心的距離，還有……還有信仰，信仰與信仰的距離，好煩，又好難。
妮卡兒抬起頭對望陳至人。
妮卡兒：最簡單的就教會太遠啊，找牧師來這裡很困難，如果能夠有一個固定在這裡牧師……嗯，如果有一天我需要你的幫忙，那你願不願意幫我？
陳至人微笑點點頭，抓起妮卡兒的手緊緊牽著，兩人對視凝望。
妮卡兒幸福的笑容靠回至人臂膀，海風陣陣吹拂，妮卡兒望向船首。
妮卡兒：來來來，起來起來，跟我來。
妮卡兒爬起來又用力把陳至人拉起來後跑到船首。
妮卡兒：你要抓著我的腰，別讓我掉下去喔。

陳至人扶著妮卡兒，妮卡兒背對陳至人攤開雙手，整個人傾出船首迎向星星，瞇起眼睛舒服迎著海風。

忽然船底下傳來摩托車隊「轟！轟！轟！」打破夜晚的寧靜……妮卡兒睜開眼睛往下看，不遠處一小隊摩托車往這邊騎過來，趕緊向後用力揮手。

妮卡兒：快快快，趕快拉我回去。

陳至人把妮卡兒拉上來後被妮卡兒拉著往船尾跑，妮卡兒邊跑邊叫。

妮卡兒：快快快他們找過來了，我們趕快下去，不能讓他們看到我們上來這裡。

※　※　※

陳至人站在施工鷹架上，妮卡兒試圖把腳踩在陳至人肩膀上，手腳發抖。

妮卡兒：哎呀，過來一點，再過來一點。

陳至人在底下叫。

陳至人：這麼近還踩不到嗎？

妮卡兒的腳總算踩上陳至人的肩膀。

妮卡兒：哎總算踩到了……就跟你說人家有懼高症嘛……用力抓住我的腳啊我要放手了。

陳至人：那妳有懼高症還帶我爬這麼高？
妮卡兒：人家就很想上來玩啊，每次經過看到馬路邊這艘遊艇，都幻想在上面吹海風一定很棒，可是哥哥他們都不讓我上來，想說你是工兵爬這個一定很厲害。
陳至人：搞半天，妳是爲了我有可以帶妳上來這裡的功能才選我的？
妮卡兒：不然咧？跟你又不熟。
陳至人：又不熟？那我先下去妳自己想辦法。
妮卡兒：乀，別別……好嘛好嘛，熟熟熟，別鬧了啦……

第九節　升職

時間又過了二個月，全工區已經如火如荼展開第二次的年底評比，晚上陳至人獨自在排長室裡面計算工程圖，忽然外面安全士官大聲喊「營長好！」，陳至人正起身開門要查看，營長卻已經來到門口，陳至人趕緊請營長進排長室，王連長跟在旁邊。
張營長：至人我專程來找你的。

陳至人：營長有什麼事嗎？
張營長：我來告訴你，明天你升任第三連副連長，即刻生效。
陳至人：我……
張營長：欸，不可以有我……是你答應我重新考慮後不管結果如何安排，都必須答應並且就任，你別忘了。
陳至人立刻標準站姿並且敬禮。
陳至人：是，謝謝營長。
張營長笑著回禮。
張營長：好，這樣才對，那我先走了。
營長說完轉頭離開，留下王連長說明。
王連長：我們連上今年評比目前沒問題，但營評比目前差一點，問題在三連跟不太上，營長的意思需要你過去協助……

第十一章　石板圖騰

第一節　米缸石板

在一個平常的午夜裡，最後一個阿兵哥離開麵店，山婆婆從米缸最底層摸出一塊刻著原住民圖騰的石板，很仔細地用圍兜的布擦拭，擦拭乾淨後又從圍兜的口袋裡拿出陳至人的拓印畫，戴上老花眼鏡坐下來放在一起很仔細的比對……比對完若有所思的長長嘆了一口氣後坐著發呆。

隔了一會，山婆婆又拿起石板看了又看，右手不停的在右下角兩個小人偶上面來回撫摸……似乎打定主意的停止住撫摸的手，收起拓印畫把石板放在桌上，山婆婆起身到房間裡拿出小鐵鎚及刻刀，並用了一個杯子裝了一點沙土再走回桌前，昏暗的燈光下「扣扣扣！」地在小人偶旁邊刻了起來。

福多兒走進麵店，看見山婆婆在刻東西沒有打擾站在身後觀看，山婆婆很快的在女生人偶旁又刻出了一個男生人偶，把石板上面刻出來的石粉吹乾淨後用沙土抹在石板上用力的搓，搓完再把多餘的沙土倒在地上，一切恢復原狀時福多兒才出聲音。

福多兒：婆婆，妳在幹嘛？

山婆婆：喔你來了？沒幹嘛只是在看這塊石板。

福多兒：石板？這什麼石板？

山婆婆：女巫的東西跟你講又不懂……你來剛好，店你收一下我騎車下山，一大早還要去市場。

山婆婆講完把石板放回米缸底層。

福多兒：喔，好，好。

山婆婆騎著載貨的三輪車離開麵店，等離開後福多兒又好奇地把石板從米缸挖出來看。

※　※　※

黑夜裡，山婆婆騎的三輪車獨自在下山的泥土路上緩慢的前進，就在剛剛通過 kararuan 村前的一個叉路口，後面突然閃出一輛轎車，狠催油門用力的把山婆婆連人帶車撞下山坡。

第二節　輪椅老人

山婆婆在醫院的病房內，妮卡兒一個人在房間剛剛做完例行工作後正要走出病房門，停頓了一下又回頭把凌亂的床鋪整理好，才弄完福多兒推著輪椅上的山婆婆出現在門口。

福多兒手上拿著裝X光片的大信封袋，山婆婆雙腿仍然打著石膏，臉上跟手臂上貼著紗布，但精神已經恢復正常了。

福多兒：ㄟ，妮卡兒，婆婆過兩天拆石膏後可以出院了。

福多兒邊說邊把山婆婆推向床邊。

妮卡兒：喔……嗯，我出去了。

妮卡兒心虛慌亂的轉頭就走到門口，卻被山婆婆從背後叫住。

山婆婆：妮卡兒，可以請妳等一下嗎？

妮卡兒原地站著，但沒有說話，也沒有回頭。

福多兒：妮卡兒妳們的事婆婆已經都跟我說了……

妮卡兒：我們……沒什麼事，我走了。

福多兒：妮卡兒妳站住，這樣算什麼？黑巫的事情妳眞的誤會婆婆了，婆婆如果要害妳，情人祭那天她幹嘛幫妳？那天晚上我們都可以為妳放下了，妳聽都不願意聽婆婆解釋？

剛剛醫生說婆婆的膝蓋粉碎性骨折，可能要一輩子坐輪椅的。

妮卡兒情緒有些激動轉過身來。

妮卡兒：好，情人祭那天我謝謝婆婆幫我，婆婆的腿變成這樣我也很難過，那就算黑巫不是婆婆，可我就不想要當女巫啊，憑什麼我不能像一般的少女一樣，選擇自己的愛情，選擇自己的生活，選擇自己的信仰，選擇自己的人生，一輩子就要被「女巫」兩個字罩在頭上？

山婆婆：妮卡兒，我親愛的妮卡兒，婆婆已經是輪椅老人了，婆婆也知道現在時代不一樣，婆婆沒有要妳當一輩子的女巫……

福多兒：對，沒有人逼妳當女巫……妳沒猜錯，工兵的事情有黑巫在搞鬼，只是黑巫不是婆婆，婆婆是阻擋黑巫的人，明白一點，婆婆是在救工兵。

妮卡兒：我……

妮卡兒轉過身低著頭。

山婆婆：妮卡兒，福多兒第一次看到我，是我發現這件事情背後有黑力量作怪，第二次，也就是很多人送來醫院那次，我作法削弱了那股黑力量……

福多兒：是婆婆削弱黑力量聽到沒有，不然妳想想那麼多人被那麼多那麼重的鋼筋壓在底下，是不是送來醫院的應該是一個一個屍體？是否？

妮卡兒猛然把頭抬起來。

山婆婆：第三次，黑力量已經知道婆婆在阻擋，準備好跟婆婆鬥法，黑力量太厲害了，婆婆老了力量不夠最後才會昏過去，所以才會找淑金希望妳可以幫忙，因爲妳的靈體年輕，只有妳可以幫我的忙。

福多兒：那麼多鋼筋跟妳朋友相撞怎麼可能只有一些小傷？婆婆不只是救工兵，我們部落就在旁邊也可能很危險，妳看看，他們現在乾脆把婆婆撞成這樣……還有婆婆說不只需要妳幫忙，還有我，還有妳的軍官朋友，都需要幫忙。

妮卡兒：軍官？哼，干他什麼事？

福多兒從床頭櫃抽屜拿出拓印畫，走到前面拿給妮卡兒看，妮卡兒回頭瞄了一眼。

妮卡兒：這什麼東西？

福多兒：這是婆婆要我回去拿來的，我也是剛剛才知道，婆婆說是有一天晚上妳的軍官朋友跑到麵店拿這個問婆婆，婆婆認出來是我們族裡一塊遺失很久的石板，好像是被軍官撿到，他好奇把上面的圖騰印成這張畫拿來問婆婆。

山婆婆：祖先傳說的石板有三塊，一塊是刻著『祖靈之怒』位置的圖騰，由女巫保存遺傳，傳到我一直在我這裡保管，『祖靈之怒』聖地妳知道的。

妮卡兒點點頭。

福多兒：對，婆婆出事那天我剛好有看到石板。

山婆婆：另外二塊是刻著『熔岩烈火』跟『咒語龜殼』位置的圖騰，這兩樣東西是打開『祖靈之怒』的鑰匙，這張畫是第二塊石板，失蹤了很久很久，已經好幾代的巫師在找都沒有找到，一代傳一代遺言交代我們要想辦法找到，現在第二塊石板總算出現了。

福多兒：如果沒錯現在在你朋友的手上，可是這張畫模模糊糊的……如果不快點找到，工兵不知道什麼時候又會挖到石棺，搞不好就是明天，明天工兵又要死人……

山婆婆：這次黑巫的巫術很厲害，打開『祖靈之怒』可能是唯一的解救辦法。

妮卡兒：這……

妮卡兒轉過身看看婆婆，又看看福多兒，猶豫著回頭走向門口停了下來。

妮卡兒：什麼時候？

第三節　『祖靈之怒』

麵店今晚沒開店，山婆婆坐在竹片躺椅上抽著菸桿，福多兒坐在山婆婆旁邊，腿上放著兩塊石板，頭目夷將、福多兒、妮卡兒的媽媽、妮卡兒、陳至人則坐在板凳上圍著山婆婆聽山婆婆講聖地『祖靈之怒』的由來。

山婆婆：那次戰爭，普悠瑪把我們打敗後，普悠瑪頭目帶戰士們要返回他們部落……

※　※　※

傳說

復仇勝利後，普悠瑪頭目、祭司帶著戰士們返回部落經過打鐵舖停下來，戰士們在空地圍著鐵棚席地而坐。

祭司走到置物架底下，看看架子，回頭告訴頭目。

祭司：王子就是在這裡被發現的。

頭目呆望著竹架，又摸摸竹柱上的血漬，眼角泛淚悲從中來，低下頭閉起眼睛爲死去的兒子默禱。

忽地吹起一陣陰風吹亂石壁邊被石頭壓住的枯草，祭司走過去撥開枯草仔細看，發現裡面透著微弱亮光。

祭司：阿棟，帶兩個人過來把這些搬開，裡面好像有東西。

阿棟：好……走，我們過去。

幾個人很快把石頭雜草清開，一把把番刀逐漸露出鋒芒，阿棟挑出裡面一把特別顯眼的短刀，看了一下遞給祭司。

阿棟：祭司你看，這把獵刀好漂亮，上面還有血。

祭司：沒殺過人的刀怎麼會有血？

祭司接過刀，仔細察看後趕緊拿給頭目看。

祭司：你看，應該就是這把不會錯。

頭目接過刀後頓起悲憤，把獵刀丟在地上，剛好砸到地上的一塊龜殼。頭目抽出自己的番刀狠狠把置物架劈成兩半垮下來，架子內滿是血漬，頭目難過的雙手掩面。

獵刀掉在龜殼上面引起祭司注意，彎腰拾起獵刀跟刻著阿密斯咒語的龜殼後，看見龜殼上面刻著咒語，嘗試唸了一遍。

頭目：這是什麼？

祭司唸完咒語後頭目問祭司，祭司把龜殼跟獵刀一起遞給頭目。

祭司：一塊烏龜殼，上面刻的大概是阿密斯咒語吧？也不是很明白它的意思。

頭目：算了，阿棟把那些番刀全部收起來，我們要帶回去。

阿棟：好。

阿棟帶著人開始搬番刀，祭司站在中間看著人搬，頭目則走到附近察看，走到石壁邊，石壁上有個龜殼洞引起頭目注意，頭目拿著手上的龜殼合了一下大小似乎剛好，但缺龜頭龜尾，又拿手上的『熔岩烈火』獵刀比了下，最後把『熔岩烈火』插進『咒語龜殼』，一起放進洞裡。

遺址

瞬間一道閃電直劈山頂，石壁面竟然浮出兩扇石壁門「伊-呀」開啓，「轟！」一聲噴出巨大火球，火球伴隨巨大吸力把祭司面前的阿棟等戰士全都呑進火坑後石壁門即關閉，祭司走避不及全身浴火，被吸到石壁門前滾在地上淒厲哀嚎……頭目一時被眼前景象震懾，回神後趕緊衝過去緊張大叫。

頭目：快！快過來幫忙把火打掉！

所有人圍上去七手八腳把祭司身上的火打掉……全身還冒著煙，下半身已經焦黑的祭司自己知道已經絕望，虛弱而吃力的抽出腰間的佩刀，喃喃唸起普悠瑪詛咒的同時在自己手腕上抹出一道血口，鮮血噴發後死去。

頭目眼睜睜看著祭司的死亡憤怒而激動。

頭目：阿密斯祖靈的怒火，這是阿密斯祖靈的怒火……這裡已經完全被詛咒了，通通被阿密斯祖靈詛咒了……快！把勇敢的祭司抬回去，趕快，這裡的東西都不要了，通通丟掉趕快走，快！

所有人全部嚇壞，丟掉所有東西跟隨頭目落荒而逃。

※　　※　　※

山婆婆：這就是『祖靈之怒』的傳說，從此以後，我們跟普悠瑪都有規定這裡是聖地，不准族人進去。因爲我們阿密斯相信，洛巴拉奧就住在裡面保祐我們阿密斯。

頭目：噢……是的……洛巴拉奧。

妮卡兒媽媽：那巴奈妳今天把我們都找來的意思是？

山婆婆：淑金，後面講的事情希望你們當爸爸媽媽的也能夠理解。

山婆婆抽了一口煙桿繼續說。

山婆婆：希瑪阿托萊是掌管地震之神，躲在暗地裡的黑巫可能是用觸怒希瑪阿托萊的方法才能夠造成地震。如果眞的是這樣，那個力量太強大，前往聖地打開『祖靈之怒』尋找洛巴拉奧，可能是唯一能夠打敗黑巫的辦法。還有，陳軍官騎腳踏車摔落山坡，剛好把石板摔出來，我相信這不會那麼巧合，是祖靈有給暗示。

福多兒：我懂了，要我們去找出來『熔岩烈火』跟『咒語龜殼』？

頭目：嗯，還要找到聖地打開『祖靈之怒』。

山婆婆：對，這塊石板上刻的，中間框框指的是門，上面七條弧線，代表彩虹，刀在彩虹的最上面……

陳至人：彩虹之巔？

妮卡兒：看起來好難喔，彩虹不是在天上？

山婆婆：彩虹應該不會是天上的彩虹。

福多兒：啊有了，瀑布，瀑布常常會有彩虹，這邊只有後山那邊有瀑布。

頭目：嗯……我們福多兒越來越聰明了。

妮卡兒：這塊石板爲什麼刻了三個小人？底下是稻穗，還有天上一個眼睛是甚麼意思？

山婆婆：這三個小孩，中間的女孩是指年輕女巫的靈體，兩邊還要勇士跟戰士保護，意思打開『祖靈之怒』需要三個人一起；眼睛是太陽，稻穗是小米，意思是每年小米收割的第一天、第一道曙光芒照射在石壁的位置，就是打開『祖靈之怒』石壁門的位置。

頭目：嗯，小米收割的第一天，是我們族人最重要的日子……找到了『熔岩烈火』，那『咒語龜殼』呢？還不知道『咒語龜殼』藏在哪裡？

山婆婆：我們只能找一樣算一樣，祖靈在保祐讓我們找『熔岩烈火』，也可能找到『熔岩烈火』，『咒語龜殼』就跟著出現了。

妮卡兒媽媽：所以妮卡兒是年輕女巫，福多兒是勇士，那戰士是誰？不是要去找普悠瑪幫忙？

妮卡兒回頭白了媽媽一眼。

頭目：現在大家關係好，找他們幫忙應該不會找不到，可是石棺是他們的，到底誰是黑巫現在很難說。

妮卡兒：軍人算不算戰士？

山婆婆看著陳至人。

山婆婆：軍人保衛國家當然是戰士。

所有人回頭看著陳至人，福多兒口氣酸酸的。

福多兒：對啦對啦，祖靈都把石板送上門了，怎麼可以當作沒自己的事？

陳至人：我？可是……

妮卡兒：哎喲你就答應了還有什麼可是？你不敢去喔？

陳至人：不是啦，我要輪休才可以去，平常不行，這個又不能請假。

頭目：那簡單，就等你休假你們三個人一起出發，這樣行吧？長官眞的謝謝你，太感謝你幫忙了，我代表部落謝謝你。

說完伸手去握陳至人的手。

陳至人：喔不，不會，頭目您太客氣了……

※　※　※

眾人離開後，福多兒扶著山婆婆上床睡覺後收拾店面，弄完又走到山婆婆床邊欲言又止。

福多兒：婆婆，我……哎，算了。

福多兒看婆婆沉睡想還是走掉算了，不料才轉身山婆婆卻一把抓住福多兒的手腕，眼睛雖然緊緊閉著但嘴裡唸唸有詞，福多兒趕緊彎腰湊耳朵過去傾聽。

山婆婆：天機不可洩漏，偷偷刻一個勇士男孩是福多兒跟婆婆的祕密，這是給你的機會，婆婆只能幫你到這裡了。

說完把手放開，沉沉的睡去。

第十二章　圖騰尋寶

第一節　彩虹之巔

約定的出發日，妮卡兒、福多兒、陳至人三個人一大早從麵店出發。

福多兒：這裡有對講機，分開的時候可以聯絡，這個是防水包，裡面裝著信號煙火，沒事別亂打開浸水就不能用了，我找朋友求半天才求來的。

陳至人：這個……也要用？

福多兒：預防萬一啊！

妮卡兒揹著包包從屋裡面出來，走向福多兒及陳至人。

妮卡兒：兩位少爺，準備好出發了沒有？

福多兒：好了好了，可以出發了。

山婆婆從屋裡面推著輪椅出來，叫住妮卡兒。

山婆婆：妮卡兒，請妳過來一下。

妮卡兒回頭走向山婆婆。

妮卡兒：嗯。

山婆婆：妮卡兒，現在時代跟以前不一樣了，妮卡兒是很聰明很有能力的年輕人，婆婆相信妳以後會用自己的辦法帶領族人到很美好的地方……但是在那以前，必需先通過這次的考驗，這是一次很困難也很嚴格的考試。

妮卡兒點點頭。

妮卡兒：嗯。

山婆婆把一張紙條交到妮卡兒的手上。

山婆婆：妮卡兒，這也是一次有危險的考試……紙條裡面是我們眾神的名字，妳一定要牢牢記住，萬一有緊急的時候，向最接近的神默禱請求神靈的幫助，會是妳最好的幫手。

妮卡兒點點頭。

山婆婆：那好吧，可以出發了。

妮卡兒：嗯。

妮卡兒回頭走兩步停住，猛然回頭看著山婆婆欲言又止……

山婆婆凝視對望著妮卡兒，瞬間盈眶了雙眼，略略顫抖著揮揮手，讓妮卡兒趕緊跟上去。

※　※　※

前往尋找彩虹之巔的路上，福多兒輕挑的撥了下陳至人腰間的牛皮手套。

福多兒：喔，焊工牛皮手套捏，好厚這手套，只是攀岩還要帶手套，太娘娘腔了吧？

陳至人：什麼娘娘腔，胡說八道，你自己不是也揹了一身？

福多兒拍拍腰間。

福多兒：怎麼樣？全是專業的啦。是否？

陳至人：嗯，看起來是很專業，又沒有要去打獵，揹那麼大的弓箭幹嘛？

福多兒：這個啊……嘿嘿嘿，到時候你就知道厲害了。

妮卡兒：比比比，連這個也要比，你們這些臭男生真是的。

三人邊走邊瞎聊，來到崖壁斷橋……約五十度的斜陡坡，原本沿著崖邊釘著的木棧道底下是用原木做成三角支撐，但年久失修支撐已斷，結構上唯一安全的只剩下釘在崖邊的一排粗木方，底下就是斷崖。

福多兒：喂，怎麼過？

陳至人：嗯，只能走最旁邊的木頭上面。

妮卡兒：這……這……

妮卡兒講話已經在發抖。

陳至人：喂，妮卡兒會懼高。

妮卡兒：福多兒可不可以你先走在前面，試看看剩下的這根木頭可不可以走。

福多兒猶豫了一下。

福多兒：這……好吧，我先走你們跟在後面。

福多兒剛要離開，被陳至人叫住。

陳至人：喂，我看你把東西放下，揹著攀岩繩過去就好。

福多兒往前看了一下，點點頭。

福多兒：有道理喔。

福多兒放下東西只揹著攀岩繩開始往前走，歪斜著身體撐著石壁小心一步接一步的過橋，福多兒小心慢慢的走，腳底下的木頭不時發出「伊……歪」的略略變形聲音……好不容易通過後，福多兒放下身上的攀岩繩一頭綁上石頭甩回來。

福多兒：喂，把東西綁上去我先拉過來。

陳至人：好，等一下。

陳至人把所有裝備裝進背包讓福多兒先拉過去後，帶著妮卡兒走到橋邊。

妮卡兒：咦~

妮卡兒已經全身雞皮疙瘩，根本不敢看。

陳至人：不然這樣好了，我們都面向斜坡，像我這樣。

陳至人把雙手雙腿打開，趴在石壁上示範。

陳至人：妳在裡面我在外面把妳包著，妳把眼睛閉起來，兩隻腳緊跟兩隻手緊貼在一起。我喊一我們一起動左腳左手，喊二一起右手右腳，這樣好嗎？但妳一定不能緊張，緊張亂動的話我可能掉下去。

妮卡兒點點頭。

妮卡兒：嗯。

兩人亦步亦趨走上斷橋，很緩慢一步一步前進，對面的福多兒也看得很緊張拼命幫妮卡兒喊加油……妮卡兒滿頭大汗手腳發抖，短短的距離卻似一萬光年般遙遠而恐懼，甚至澀擻的短暫停了下來……喘了喘氣在陳至人溫暖地鼓勵陪伴下，最終還是自己克服了恐懼到達對面，三人重聚後高興的擊掌慶祝。

※　※　※

順著溪澗河床逐漸爬升，穿過雜樹野林，一行人來到了一個隧道口，隧道陰暗不見出口，水聲滴答且地上滿滿積水。福多兒找了一支半長的竹竿試看看水深。

福多兒：哇塞，有半個小腿高。

福多兒脫掉鞋子捲起褲管，陳至人看到也跟著脫。

福多兒：不知道裡面有沒有蛇。
妮卡兒：嗯~
福多兒：我走前面，邊走邊打水。
陳至人：好。
福多兒走到妮卡兒面前蹲下。
福多兒：來，上肩，我揹妳。
妮卡兒看了看福多兒，搖搖頭。
福多兒：不要？妳要自己走？
妮卡兒又搖搖頭，轉身跑到陳至人面前，比著要陳至人蹲下……福多兒看在眼裡不是滋味，但也只能算了，走進隧道邊走邊打水，陳至人則揹著妮卡兒跟在後面……通過隧道的一半，走在前面的福多兒突然用手裡的竹竿從水裡挑起一條長長的東西，並且大叫一聲。
福多兒：啊~~~
妮卡兒：啊~~~啊~~~
動作來得太突然，妮卡兒跟著大叫後搖晃身體，陳至人重心不穩抓不住妮卡兒，「噗通」一聲兩人通通倒栽進水裡，渾身濕透的妮卡兒氣得尖叫臭罵，陳至人趕緊從水裡爬起來，並拉起妮卡兒。
妮卡兒：臭福多兒你這王八蛋又搞什麼鬼！

陳至人：眞的是蛇是不是？

福多兒再一次用竹竿把東西挑起來。

福多兒：ㄟ……好像不是，應該是條草繩。

妮卡兒：福多兒你這臭豬頭，太過分了，再一次你試看看！

說完又把繩子甩掉，氣得妮卡兒連聲咒罵的聲音迴盪整個隧道，福多兒樂呵呵的偷笑。

出了陰暗隧道來到一片峽谷，已經可以看見遠方的溪澗水源……密布白雲的天空下有老鷹在盤旋，順著溪谷往上走，瀑布逐漸映入眼簾，隨著距離越來越近，清脆的水流響聲也越來越大……瀑布側邊底下有翠綠林木斜坡，延伸到半高位置轉變爲黃色岩石垂直挺拔向上，瀑布水幕從最高點急洩而下……老鷹始終沒有飛走，跟隨三人來到瀑布盤旋在頭頂上，但是找到瀑布卻不見彩虹。

妮卡兒：算了，來吃東西吧，好餓喔。

妮卡兒打開包包拿出麵包跟水，先拿了一份給福多兒，福多兒反而有點心虛。

福多兒：我也有喔？

妮卡兒：廢話，我有像你那麼壞嗎？

福多兒嘿嘿的笑著。

妮卡兒：再壞，再壞我們通通吃掉沒有你的份！

福多兒接過妮卡兒給的東西，尷尬走到旁邊自己找一塊石頭坐下默默吃著。

遺址

妮卡兒又從包包裡面拿出兩份，細心的把包著三明治的塑膠膜拆開一半後，再把飲料插上吸管才拿給陳至人。

妮卡兒：至人，這其實不干你的事，讓你跟著我們來，會不會不舒服？

妮卡兒自己也弄了一份，邊吃邊問著陳至人。

陳至人：不會呀，就像郊遊一樣，難得有機會到這麼深的山裡面，爲什麼要不舒服？

妮卡兒：嗯，我的意思是……你是教徒，卻要你參加這種女巫的事情。

陳至人：喔，你是說這個啊……

妮卡兒停下來，專注地傾聽。

陳至人：其實我不感覺會耶……嗯，妳應該不會要我跟著向妳們的神祈禱或作法那些的吧？

妮卡兒：不會不會，當然不會……跟你說過我也只會祈禱不懂作法，放心。

陳至人：那就好了啊……其實像我們在部隊弟兄，也是來自各種宗教，在他們有需要時，我也只是在旁邊觀看，互相尊重而已……嗯，頂多幫忙照照像，就當作民俗旁觀吧。

妮卡兒：嗯……那我就放心了，你的講法跟當初牧師找我時還有點像。

陳至人：牧師？他怎麼說？

妮卡兒：那時候我也是擔心女巫的事情，就問牧師我是族裡的女巫，合適到教會帶領小朋友崇拜嗎？結果牧師竟然回答我，「找妳來教會是幫忙帶領小朋友敬拜上帝，又不是找妳來讓我敬拜，爲什麼不合適呢？」

陳至人：哈哈，漂亮，有意思。

妮卡兒：對呀對呀，可是我還是擔心，又問牧師我有女巫的靈體，還要跟祖靈溝通，女巫就代表瘟疫跟魔鬼，不是嗎？

陳至人：對吼，那牧師怎樣回你？

妮卡兒：牧師說「在我的眼裡看到的妮卡兒就是一個人，是一個美麗的女孩，但不是神，妳沒有做違反善良的事情，爲什麼稱自己是魔鬼？妳敬拜妳的祖靈，他們本來也是人，就如同一般人敬拜自己的祖先，那是懷念跟紀念不是嗎？妮卡兒，帶著妳善良的心，放心地走進教會接近上帝吧。」

陳至人：牧師回答的眞棒，是的，神愛世人，又爲什麼不能包含女巫？

妮卡兒：就是嘛就是嘛，古時候又沒有醫生，好的女巫也是用自己的方法救人醫病，爲什麼就要被列爲瘟疫跟魔鬼，不能被上帝接受？嗯……對了，說到部隊又說到魔鬼，我問你喔，你們工兵那麼辛苦又出那麼多事，眞的一點都不害怕嗎？你看你自己都受傷了。

陳至人：怕？怎麼不怕？但是怕也沒用啊，遇到了也只能自己想辦法面對，所以就不想那麼多了，就……萬一眞的犧牲，就當作是爲了我們國家的未來好了。

妮卡兒低下頭嘴裡重複唸著。

妮卡兒：萬一眞的犧牲，就當作是爲了我們國家的未來好了。

陳至人回頭看著妮卡兒。

陳至人：喂，因為我受傷我們才認識，不好嗎？

妮卡兒抬起頭瞪了陳至人一眼。

天空忽然撥雲見日，一道強光射向瀑布，半崖壁間浮現淡淡彩虹跟瀑布交會……

福多兒：喂，快，出來了！

福多兒大叫一聲趕緊丟開麵包拿起弓箭，瞄準虹頂拉滿弓，「咻！」地一箭射向彩虹……箭身高高畫出一條弧線竄向彩虹的最高點，然後沒入瀑布……白雲再次掩蓋陽光，彩虹乍現即消失匿跡。

射完箭福多兒放下弓箭，催促陳至人趕緊出發。

福多兒：走走，出發了，別再吃了。

陳至人：蛤？去哪裡？

福多兒：上面啊，箭射的位置就是藏『熔岩烈火』的位置。

陳至人又往山上仔細看了一下。

陳至人：我就看到你隨便射一下，箭到底射到哪裡我根本沒看到？

福多兒：什麼隨便射一下，就在上面啊……你到底去不去？不去我走了，我看你大概以為自己來這裡，是郊遊談情說愛的。

陳至人：你……

妮卡兒趕緊緩頰。

妮卡兒：福多兒幹嘛這樣說啦……至人趕緊上去吧，福多兒的箭眞的是最厲害的。

陳至人：嗯，好吧。

福多兒：要去就趕快，攀岩繩索拿出來扣上去，包包要帶著。

陳至人拿出一支對講機留給妮卡兒，試了下頻道沒問題後，滿臉疑惑的跟著福多兒走。

※　※　※

穿過瀑布後來到石崖下，福多兒在前面，打道釘扣繩索，緩慢的往上攀爬，陳至人戴上牛皮手套後亦步亦趨，吃力的的尾隨福多兒慢慢攀升……來到半高的位置，陳至人腳底一度滑開道釘，整個人吊掛在崖壁，福多兒趕緊回頭救援，腳板卡住道釘，單手抓著自己身上的攀岩索，頭下腳上半懸身體伸手探向陳至人。

福多兒：來，慢慢來沒關係，還差一點，再來……

陳至人：嗯……哼。

陳至人兩腳懸空，咬著牙根渾身使力，發抖著靠手臂引身體向上，終於抓住福多兒手臂，靠福多兒協助讓身體回到正位，繼續向上攀爬……福多兒終於來到箭著點，只見到箭著點上方岩壁內縮，有一撮雜木樹叢，其他什麼也沒看到。

福多兒：奇怪，怎麼什麼也沒有？

福多兒掏出冰斧試砍了下雜木，發現樹根並不深，清開不算困難，便低頭呼叫陳至人。

福多兒：喂，你靠著休息一下，我整理一下這邊！

底下陳至人朝福多兒點點頭，但望著頂上神射進岩縫直直插著的飛箭，心裡很是驚訝。

陳至人：哇靠，他隨便射一下，真的這樣也行？

福多兒逐漸清開雜木，發現原來被雜木及樹叢擋住，後面是略高一個人的岩洞，且入口狹窄，洞內卻寬敞，不禁面露得意。

福多兒：靠，這樣就對了。

骨祿的翻上崖洞，並呼喚陳至人。

福多兒：找到了找到了，趕快上來！

陳至人繼續攀爬上最後一哩路，福多兒則已經好整已暇坐在洞口吹風，福多兒最後伸出手拉上陳至人，終於爬上崖洞喘著大氣。

陳至人：喂，不先進去坐在這裡幹嘛？

福多兒：等你呀，然後……嗯，順便計算一下下面水潭深度。

陳至人：什麼？什麼深度？

陳至人說完跟著往下望。

福多兒：水潭呀，水潭越深顏色越深……吼長官你不知道嗎？水顏色從無色到黑色共分六級，每換一級可以增加五公尺的安全跳水高度，你看看水潭中心已經墨綠的，都第五級了，表示深度足夠二十五米內高度跳水了。

陳至人：深度夠二十五米內跳水？你……你想幹嘛？

福多兒：當然是跳啊，等下拿到『熔岩烈火』直接往下跳，就省事多了，先想好退場機制是一定要的。明白否？

陳至人探出腦袋往底下看了看。

陳至人：去你的退場機制，這麼高要跳你自己跳，我慢慢爬下去。

※　※　※

兩人靠著昏暗的手電筒在洞內探索，才剛剛進入頭頂就響起「啪啪啪！」的雜亂鼓翅聲音，大批蝙蝠飛出洞外……福多兒走在前面，「哎唷！」一聲慘叫被地上物絆倒，慌慌張張連手電筒都摔壞在地上……跌在地上的福多兒好不容易定下神，卻又是一陣淒厲大叫。

福多兒：啊~啊~啊，這什麼？什麼東西啦？

陳至人趕緊用電筒照亮，福多兒面前竟然是一具毛髮都還在的恐怖乾屍，趕緊把福多兒拉起來。

福多兒：靠怎麼這麼倒霉，一進來就碰到這個，連手電筒都摔爛了，眞是。

陳至人：等一下等一下，你看看。
陳至人照著乾屍背後的石壁，竟然刻著一幅又一幅的畫，光靠自己的手電筒太昏暗看不清楚，索性拿出照相機打開閃光燈當作電筒，岩洞內瞬間光亮。
陳至人：這些……好像刻的就是山婆婆說的跟普悠瑪戰爭的故事？
福多兒：對對對，對耶，沒錯沒錯，一定是……不過前兩幅一塊大石頭從天上砸壞屋頂，跟剖開石頭放到火裡面是什麼意思？
陳至人低頭思考了一下。
陳至人：難道……難道是殞石？太空掉下來的殞石？『熔岩烈火』是殞石礦物打出來的一把刀？
福多兒眼睛睜得大大的。
福多兒：哇塞，這你都能想到？隕石？難怪這把刀這麼神奇。
陳至人：等一下，這個人知道這麼多事情，你想地上這個屍體會是誰？
福多兒：我怎麼知道他是……
陳至人／福多兒：打——鐵——匠，耶！
兩人互相擊掌，此時包包裡的對講機響起妮卡兒的聲音。
妮卡兒：呼叫至人，呼叫至人，你們找到了嗎？
陳至人把眼前看到的事物告訴妮卡兒後把對講機掛回腰配，並且用相機拍下乾屍及壁畫後，再把相機收回防水袋，繼續往洞內探索，沒多久就發現不遠前方有反光……福多兒搶先走到亮光處，反光就是來自『熔岩烈火』，福多兒拿起『熔岩烈火』，搧掉上面的土塵，令人驚訝的是數百年後『熔岩烈火』仍然完好如新，搧掉土塵即閃閃發亮。

福多兒：哇，你看，太空來的就是不一樣，你看，跟新的一樣。

福多兒把刀遞給陳至人，陳至人拿著『熔岩烈火』若有所思。

陳至人：你有沒有感覺怪怪的？

福多兒：怪？怪什麼？東西都找到了，可以趕快回去了。

陳至人：等一下，你們說的那個故事多久以前的？

福多兒：不知道，至少也有幾百年了。

陳至人：幾百年？刀是新的，坐在地上的鐵匠是乾屍不是骷髏……嗯，老是感覺哪裡怪怪的。

陳至人又拿著手電筒到處照，照到放刀的位置時停了下來。

陳至人：你看！

福多兒轉過頭，才發現剛才放置『熔岩烈火』的位置底下是一塊刻著圖騰，跟先前的兩塊一樣的石板，福多兒靠近仔細看，興奮的叫起來。

福多兒：是烏龜，上面刻著烏龜，哈哈哈又找到了！

陳至人：喂，等一下！

遺址

福多兒順手就拿起石板，陳至人叫喊阻止已經來不及，

福多兒：啊，啊~啊啊啊~~~

福多兒緊接著慘烈的大叫，叫聲在岩洞內不停的迴盪。

陳至人：媽的糟了！

原來手電筒昏暗的燈光沒照出來的是石板下藏著蛇洞，當福多兒掀開石板時，一條青蛇跟著石板狠狠咬住福多兒的手背，且迅速纏繞上福多兒手臂……陳至人扶住福多兒，手電筒往旁邊照才發現兩人被群蛇圍住，已經全身冒冷汗的福多兒哀嚎不斷……

陳至人：兄弟忍耐一下。

趕緊先伸手進包內拉開兩支信號煙火丟在地上嚇退地上蛇群，再用力掰開狠咬著福多兒的青蛇口，才掰開蛇口青蛇就往自己的牛皮手套咬過來……

留在地面的妮卡兒等半天沒消沒息也沒看見人下來，忽然看見高處有微弱火光透出清澈的瀑布，焦急地拿起對講機用力問著。

妮卡兒：呼叫至人，呼叫至人，上面還好嗎？

等了一陣沒回覆，心裡越著急……終於對講機傳來支支喳喳的吵雜聲，混著幾句陳至人模模糊糊的聲音：蛇、有很多蛇……被蛇咬。

妮卡兒聽到頭皮發麻。

妮卡兒：怎麼辦怎麼辦，被蛇……

妮卡兒仰望天空，看著天上盤旋的飛鷹忽然想起山婆婆臨行前的交代。

妮卡兒：鷹……蛇……小鷹女神，對，小鷹女神潘薩蘇爾古娃！

妮卡兒沉澱下來自己的情緒，拿出裝著小米酒的小水壺猛喝一口後，冷冷地抬起頭望著天上盤旋的飛鷹，閉起眼睛開始默禱……

當青蛇咬住牛皮手套的瞬間，陳至人趁隙用手裡的『熔岩烈火』，手起刀落，直接斬殺纏過來的青蛇……這時地上煙火已經逐漸熄滅，福多兒已經意識模糊癱軟在陳至人身上，剛好腰配著的對講機響起妮卡兒的聲音，陳至人胡亂回答後側著身體拿出最後一根信號煙火，點燃拿在手上，並趕緊把石板放進背包後重新上肩，摟著福多兒一手拿刀一手拿煙火嚇退群蛇，緩緩朝洞口移動腳步倒退。

當退回到屍體旁邊吃力緩慢的轉身，眼前卻是一隻手腕粗、全身黝黑的眼鏡蛇王，立起蛇頭擋住去路、巫毒陰沉的雙眼緊盯住自己，吐著鮮紅蛇信正在尋找攻擊時機，陳至人往左蛇頭往左，陳至人往右蛇頭跟著往右……

底下妮卡兒剛剛默禱再睜開眼睛，就看見天空上的飛鷹俯衝直下，穿過瀑布衝進岩洞內……

飛鷹精準撲進岩洞，鋼刀般的利爪瞬間擒住蛇王，環繞洞內一圈後抓著蛇王揚長而去，地上蛇群瞬間靜止，陳至人見機不可失，把信號煙火丟向圍過來的蛇群，揹起福多兒拔腿狂奔衝到洞口。

陳至人：啊～

沁著水霧涼風，陳至人直接縱身跳進清澈瀑布裡。

※　※　※

約二小時後，三人圍著陳至人起的火堆，火堆旁的簡單烤衣架散著兩個男人本來濕漉漉的衣服，福多兒仍然沉睡著，妮卡兒坐在旁邊照顧，陳至人正從烤衣架上拿回自己的衣服。

妮卡兒：都乾了嗎？

陳至人用手翻了下。

陳至人：差不多，可以穿了……快接近黃昏了，能不能抓得準他什麼時候醒來？

陳至人邊把衣服往身上套邊問，妮卡兒用耳朵貼近福多兒胸口聽了一下，又翻開手上的包紮往裡面看。

妮卡兒：嗯，我打的是抗神經毒血清，心臟跳動緩和多了，手上也消腫很多，應該快了吧？

陳至人：希望是這樣，可別在這裡過夜才好。

妮卡兒：在這裡過夜？別鬧了。

妮卡兒才說完福多兒忽然吐了一口大氣，隨著又幾聲乾咳，緩緩地睜開眼睛。

福多兒：他媽的沒想到你那雙娘娘腔手套竟然救了我的命。

陳至人：呵呵，醒來就問這個，你那麼在意啊？沒想到的事還多著呢，身體還行吧？可以的話準備走，時間不早了。

妮卡兒：醒來了，總算醒來了，差點被你嚇死。

福多兒朝妮卡兒笑了一下又濃濃咳了幾聲，舉起手臂檢查了一下包紮著的傷手，陳至人再從烤衣架上拿回福多兒的衣服後走回福多兒面前。

福多兒：什麼嚇死？他揹我直接朝瀑布衝出去，我才想說眞的完蛋了，他奶奶的他眞的往下跳！

陳至人：靠，你那時候是醒的？瀑布底下水潭夠深不是你說的？什麼水顏色深一級高度升五米……

福多兒：長官，這種鬼話你也在信？那個洞那麼高能不能跳我怎麼會知道？

妮卡兒忍不住「嗤嗤」笑出聲來，陳至人把衣服甩在福多兒身上。

陳至人：去你的，吹吹吹，吹死你這王八蛋……好啦，能吹精神看起來就好多了，趕快穿上，再不走天快黑了。

福多兒把手腳都動一動，看起來是好多了，拿起衣服緩緩地坐起來，卻不小心把受傷的手按壓地上。

福多兒：哎唷，好痛！

妮卡兒：你小心一點，別碰到傷口，等下我給你換了藥再走。
福多兒穿衣服時妮卡兒拿著『熔岩烈火』交給陳至人。
妮卡兒：至人，女生拿著這個不適合，交給你保管吧？
陳至人接過來仔細看著。
陳至人：嗯……這把『熔岩烈火』，眞的好漂亮的刀工。
福多兒剛剛穿好衣服，陳至人彎腰把短刀插進福多兒的腰配，並且用手拍了兩下。
陳至人：可惜我是軍人，這把不適合，既然傳說故事裡這應該是一把王子的配刀，那就……讓它物歸原主吧，我還是揹著石板就好。
陳至人說完話轉頭起身，福多兒的聲音在背後響起，陳至人停住腳步。
福多兒：兄弟，謝啦。
陳至人朝後擺擺手，朝火堆走過去。

第二節　海洋之心

麵店裡，三個人圍著坐在輪椅上的山婆婆，山婆婆拿著石板仔細查看。

山婆婆：看看這邊，龜殼在底部，那些彎彎曲曲的線代表海浪，海浪圍成了心形洞，應該就是岩石的洞。

陳至人：那就是海洋之心。

福多兒：又是彩虹之巔又是海洋之心，陳長官吹的功力也不賴嘛！

妮卡兒：好啦好啦，沒時間耍嘴皮子了，婆婆妳看看這幾張至人拍回來的照片。

山婆婆拿起陳至人拍回來的照片檢視。

山婆婆：噢，真的是打鐵匠捏，我們的祖先，也是我們阿密斯傳說神話的勇士，竟然孤孤單單的死在這個洞裡面。

山婆婆閉起眼睛默禱。

※　※　※

福多兒：長官，麻煩再給我一瓶水好嗎？

遺址

福多兒滿頭大汗操了一天舢板，把引擎停俥下來，任憑舢板隨大海波浪擺盪著，陳至人打開帶來的小冰箱察看。

陳至人：沒了，全喝光了。

福多兒弄了一艘小舢舨，繼續尋找海洋之心，三人擠在狹小的舢舨上沿著海岸找了一整天卻始終沒見到有海洋之心出現，直到黃昏已近，大家都已經口乾舌燥筋疲力盡……

妮卡兒：哎喲，海洋之心什麼時候才出現啊？腿都坐痳了。

妮卡兒忍不住捶捶瘦腿。

福多兒：妮卡兒，現在開始退潮了，妳再祈禱馬利利安看看？

妮卡兒：嗯。

妮卡兒拿起小水壺打開蓋子，正舉壺就口時被陳至人攔住，陳至人把拿著水壺的手拉到鼻子旁邊聞一聞。

陳至人：吼，竹君原來是妳在偷喝酒，難怪我老是聞到有酒味，早說妳那麼愛喝，我幫妳弄瓶紅酒過來，女生喝紅酒好些。

妮卡兒表情尷尬，趕緊用力把手抽回去，福多兒聽到摀著嘴偷笑。

妮卡兒：討厭，什麼跟什麼啦……死福多兒你還笑，你死定了。

陳至人：水壺裡面裝的不是酒不然是什麼？

臉上紅通通的妮卡兒眼睛死死盯著福多兒，福多兒已經笑到岔氣。

福多兒：哈哈好好我來說我來說，原來長官不知道……妮卡兒水壺裡面裝的是小米酒，小米酒是女巫跟神靈溝通用的啦，妮卡兒要喝了酒再跟神靈祈禱，神靈才聽得見的啦，不是妮卡兒愛喝酒……妮卡兒妳跟長官交情那麼好怎麼不自己說？

妮卡兒：這種事情人家怎麼好意思說。

陳至人：原來是這樣，難怪我每隔一陣子就看見妮卡兒拿起水壺喝一下，然後閉起眼睛，然後就臉紅紅的。

妮卡兒：好了啦現在都知道了，祈禱好幾次酒快喝完了還沒看到海洋之心，剩下最後一口了，你們都閉嘴我要專心。

妮卡兒舉起水壺喝下最後一口後閉上眼睛默禱，再睜開眼睛時陳至人看見不遠處有條黑影從水底竄出來，蹦出水面畫出一道短弧。

陳至人：那裡，那是什麼？

妮卡兒跟福多兒順著方向看過去，黑色弧線又跳出來轉了一下。

福多兒：靠，海豚，是海豚！

妮卡兒：福多兒，趕快跟上去。

福多兒：報告，是！

福多兒接近海豚時海豚突然立起身體面對舢板，笑盈盈地邊揮動豚鰭邊倒退。

妮卡兒：難到海豚眞的是派來帶路的使者？

海豚忽然停止後退，潛入海裡游開，陳至人發現船頭可見海面下有一大片暗礁，幾隻海豚正沿著暗礁迴游。

陳至人：看！

退潮讓礁岩頂緩緩露出海面，海水清澈可見礁岩下有數量不少的美麗熱帶魚……正當海豚離開礁岩往外海游去，驚訝的是一隻龜殼上背滿脊刺的大鱷龜正從礁岩底下貼著海底悠閒的緩緩浮游上來。

妮卡兒：海龜，有海龜！

陳至人：那不是海龜，殼上面都是刺，那是鱷龜，奇怪……

福多兒：有洞，這底下一定有礁岩洞。

妮卡兒：鱷龜？

陳至人無暇多想了，趕緊脫掉上衣，拿出蛙鏡蛙鞋，一邊穿戴一邊喊著，並在腰配插上軍刺刀。

陳至人：不管那麼多了，靠上去，趕快靠上去。

海潮漸退，暗礁露出了頭，舢板靠上暗礁時陳至人正要離開舢板踏上暗礁，被福多兒抓住。

福多兒：ㄟ，這個綁上去，緊急時拉繩作暗號。

陳至人：喔，好。

陳至人把福多兒給的膠繩一頭綁在身上後下船走上暗礁，走到另外一頭往底下看，原來暗礁的兩頭有著極大的高度落差，陳至人走回舢板。

陳至人：福多兒，礁石那邊海底低很多，你把舢板移到外面那邊，我猜岩洞在底下。

福多兒：好。

福多兒移好舢板後下錨固定，陳至人綁著繩索潛到海底……海底除了大量的熱帶魚伴游跟美麗的珊瑚海草散布，陳至人終於找到礁岩洞，而且正是心形的礁岩洞，陳至人趕緊浮上來換氣，並揮手通知海洋之心找到了。

陳至人再次潛入海底游進洞內，很順利就在洞底找到一塊龜殼，龜殼面布滿藤壺蚌殼等生物緊緊附著。

陳至人：應該就是這塊。

陳至人拔出刺刀用力的剝除，正當陳至人暗喜剝除蚌殼後龜殼角隅露出類似咒語刻痕的同時，危機已經悄悄來臨，四周海水逐漸被染成黑色。

陳至人：對了，有這個就對了！

陳至人趕緊浮上水面換氣……大大地一口氣才吸一半，「咻！」一下人卻被狠狠拖進水裡。

原來陳至人已經被一隻人高的八腳大章魚從背後連手臂緊緊捆縛住，發現已經來不及了，怎樣用力就是掙脫不開，想用手上的刺刀也沒辦法舞動，身體被吸盤吸著硬是無法脫身，存在肺裡的空氣逐漸放盡……

章魚拼命吐著墨汁染黑了海水，陳至人身上的綁繩傳來劇烈的抖動，福多兒看瞄頭不對。

福多兒：哎唷，怎麼會這樣？

妮卡兒：怎麼會這樣怎麼會這樣？到底怎麼了？

福多兒：嗯，換我來吧！

扒掉身上的衣服帶上『熔岩烈火』就要跳下船，被看在眼裡焦急的妮卡兒叫住。

妮卡兒：福多兒，小心一點。

福多兒：好。

此時繩索已經逐漸沒了抖動，福多兒「噗通！」跳進海裡的同時，方才的大鱷龜已經回到洞口，從章魚底部潛入洞內，快速的游向陳至人。

鱷龜張開大口直奔綁住陳至人的觸腳，眼看就要咬到，章魚卻伸出另外一隻觸腳捕捉住鱷龜，鱷龜被拉住的同時，開始靈活的側向翻轉身體，用殼背上的脊刺磨擦觸腳，跟章魚展開纏鬥。

福多兒剛剛才潛入海底，就看見八爪章魚的大腦袋堵在洞口，操起『熔岩烈火』狠狠一刀扎進章魚腦袋，章魚痛得放鬆觸腳，又伸出其他觸角要捕捉福多兒……鱷龜趁此掙開綑綁自己的觸腳，張口咬斷陳至人身上的觸腳後立刻下潛，從底部用龜背輕馱起陳至人浮上海面……福多兒在大章魚背後一刀一斷，把接近自己的章魚觸腳全砍斷，章魚身體逐漸軟沓橫躺在海流裡漂浮，附近大群美麗優雅的熱帶魚瞬間化成饞食殺手集中爭食……

福多兒看見鱷龜馱著陳至人已經游到洞口，趕緊湊上去扶著龜背，游出礁岩後把陳至人拖上舢舨，手上的軍刺刀雖然已經掉落海底，『咒語龜殼』始終被陳至人緊緊抓在手裡，直到二人上了舢舨，鱷龜才離開。

妮卡兒：趕快，先把嘴裡的海草清除！

兩人手忙腳亂的清除水草及拍出口鼻嗆水後，把陳至人翻躺在舢舨，並拿揹包墊在脖子上讓腦袋仰躺。

妮卡兒：福多兒，像這樣，用力按壓這裡，用力一點速度要快，每分鐘要一百下。

福多兒：嗯。

福多兒按照妮卡兒的方法不停按壓陳至人胸口，妮卡兒則配合福多兒的按壓頻率捏著陳至人的鼻子用嘴巴搗進陳至人的口裡吹氣，然後聽聽心臟的反應……

焦急而反覆的搶救持續進行，直到最後一次的吹氣，妮卡兒的舌尖突然感受到口腔內被外來的軟綿侵入……妮卡兒先觸電般睜大眼睛鼓足腮幫，然後逐漸放鬆享受似的瞇上眼睛，又突然驚嚇睜大眼睛推開陳至人，還用手搗了搗嘴唇，陳至人已經睜開眼睛壞壞笑著又不停輕咳，身上被妮卡兒皺起眉頭粉拳輕搥了一下。

不知情的福多兒看陳至人醒過來了鬆口氣停止手上的動作。

福多兒：兄弟，醒來了？那我們趕緊回去，天要黑了。
陳至人邊咳邊點頭，福多兒趕緊起錨，陳至人把手裡的『咒語龜殼』交給妮卡兒。
陳至人：哈囉，這次換我謝你啦兄弟。
福多兒擺擺手，繼續操著舢舨，陳至人坐起來望著天空。
陳至人：奇怪？
妮卡兒：說，有什麼好奇怪的？
妮卡兒心虛陳至人要說剛才跟自己偷偷做的事，趕緊神經兮兮追問。
陳至人：鱷龜明明是淡水龜，怎麼會在這裡出現？
妮卡兒鬆了一口氣。
福多兒：算了啦兄弟，你在菜市場看過，或聽說過有這麼大隻的章魚嗎？

第三節　日月精華

福多兒打開房間門，小心翼翼抱著一個新訂制的刀架玻璃框及牛皮刀套進房間……房間雜物多，先置放在床上後，從抽屜裡拿出『熔岩烈火』，呵口氣拿布擦亮，套上刀套後，再放進刀架框內。

福多兒：嗯，沒想到這支神話傳說的名刀，最後竟然是我的。

福多兒心裡暗爽著喃喃自語，忍不住又從刀架上拿下來把玩。

福多兒：嗯，沒想到歸沒想到，我也算是用自己的生命找回來的……

福多兒手上拿著刀看著自己凌亂的房間，又看看房間窗戶。

福多兒：這……要擺哪邊比較好？……啊，有了，就這樣。

福多兒站起來開始整理房間，把堆著的雜物通通掃出房間門口後關起房間門，再把床轉了方向推到房間角落，最後把五斗衣櫃推到正對窗戶靠牆擺放，然後小心把刀框刀架放在五斗櫃上。

福多兒：對，就是這裡……這樣白天吸收陽光，晚上吸收月光……對對對，名刀就是要吸收日月精華的養分……對，就是吸收日月精華，眞的是太完美了！

福多兒再把『熔岩烈火』小心放進刀架並蓋上框後，忍不住站在五斗櫃前得意的欣賞自己的傑作……忽然房間門外面響起福多兒媽媽扯著喉嚨的叫罵聲。

福多兒媽媽：福多兒你這王八蛋又在搞什麼鬼？把垃圾通通推出來作什麼？

第四節　聖地之謎

一九八七年

小米收割日凌晨，妮卡兒、陳至人、福多兒三人在麵店聚集，天未破曉即摸著暗黑出發……進入野林後，陳至人打著手電筒並不斷用手腕上電子錶的指南針紀錄方向，福多兒頭上戴著頭燈，揹著包包跟著一起走。

妮卡兒：哇，蚊子好多。

妮卡兒撿了一塊芭蕉葉，邊走邊搧蚊子。

福多兒：長官，你這樣能紀錄得準確嗎？

陳至人：沒有量距離當然不能說準確，最起碼知道方向就不會差太遠。

在穿過一片落葉陡坡後，橫在三個人面前的是一片密麻竹林……竹林綿密，入林後不久四周湧起霧氣，走得越深霧氣越重，雖然沿途福多兒綁上指路標，眼前卻已經完全伸手不見五指……方向完全迷失，只好幾乎放棄的坐在地上。

陳至人：沒辦法了，這個霧氣不散，要怎樣走下去？

妮卡兒：費了那麼多的力氣才到這裡，這樣放棄我不甘心。

福多兒：嗯，我也是。

妮卡兒：ㄟ，放棄的話要等一年耶……

陳至人：說得也是，前面那麼多危險我們都已經克服，沒道理在這裡放棄。

妮卡兒：福多兒，樹林裡誰是最熟路的？

福多兒：還有誰？當然是猴子啊。

妮卡兒：嗯，猴子，猴神是旺格……

妮卡兒拿起小水壺喝了一小口酒，閉上眼睛默禱。

當妮卡兒眼睛睜開時，前面不遠的石頭後方竟然探出了一顆小小的獼猴腦袋。

妮卡兒發現了，對著獼猴微笑招手，獼猴小心而謹慎地走到自己面前坐下。

妮卡兒：是旺格派你來幫我們帶路的是嗎？

獼猴當然不會說話，但雙手鼓了下手掌。

妮卡兒伸出手向著獼猴，獼猴牽起妮卡兒的手，轉身朝某個方向前進。

陳至人跟福多兒看得目瞪口呆，只能站起來跟著走。福多兒、陳至人跟在妮卡兒後面。

福多兒手上緊握腰配的『熔岩烈火』刀柄，避免獼猴突起獸性攻擊妮卡兒，

福多兒：喂，這隻猴子跟妮卡兒感情怎麼那麼好？

陳至人：不知道啊……嗯，啊，有了，妮卡兒的漢名是什麼？

福多兒：竹君啊。

陳至人：那這裡是哪裡？

福多兒：竹林啊……啊對捏，都沒有想到。

陳至人：還有君是王的意思。

福多兒：對吼，那妮卡兒就是竹林裡的女王。

陳至人：哈哈哈，應該是吧。

獼猴指路下三人一猴在竹林中穿梭，沒有花很多時間就來到竹林盡頭，眼前是一片平坦開闊空地，空地中間躺著一顆大石頭，石頭前端靠著一顆矮樹，側邊則是圓弧走向的岩石斷崖……三人走出竹林正望著眼前景象，忽然曙光已現，第一道日芒聚光射在崖壁上……

陳至人：看，曙光之眼，這應該就是曙光之眼！

福多兒趕緊跑向日芒聚光處的崖壁摸索。

福多兒：一樣啊，就是岩石，沒看到什麼……欸，這裡有一個洞。

石壁在曙光之眼朝妮卡兒方向不遠處石壁上有一個凹洞吸引福多兒注意。

凹洞面布滿蕨類苔蘚，福多兒地上撿了一塊石頭刮除植物清理凹洞；陳至人則繞著周圍到處看，妮卡兒回頭見帶路獼猴始終停留在竹林邊，伸手向著獼猴招呼，不料獼猴竟然髭牙裂嘴發出低吼，就是不肯前進一步，妮卡兒往前走了一步，獼猴卻轉頭跑掉。福多兒把植物刮除後，驚訝地叫兩人趕緊過來。

福多兒：妮卡兒，龜殼呢？妳把龜殼放進去試看看。

妮卡兒拿出龜殼放進洞裡面，大小形狀剛剛好。

福多兒得意的拍手叫好。

福多兒：妳看吧，厲害！

陳至人：可是……這有什麼作用？

妮卡兒：對呀，這個洞還有龜頭龜尾，我們只有一塊殼。

陳至人：啊，福多兒，『熔岩烈火』拿出來，快！

福多兒抽出『熔岩烈火』，陳至人拿出龜殼，把刀身跟龜殼比了一下後，將『熔岩烈火』從龜殼頭部插進去，刀尾從龜殼尾部伸出來，剛好刀柄是龜頭，刀尾是龜尾，陳至人再一起放進凹洞內，竟然剛剛好。

福多兒：哇~漂亮！

妮卡兒看看四周仍然寂靜無聲。

妮卡兒：可還是什麼反應都沒有。

福多兒：嗯，可能是還缺了什麼……咒語，咒語呢？龜殼上的咒語做什麼的？

福多兒趕緊把龜殼再拿出來交給妮卡兒，妮卡兒唸了一遍咒語後放回去……微微聽到石壁內似有隆隆低鳴聲，陳至人走到曙光之眼位置面對石壁。

陳至人：你們把龜殼拿起來再放進去試看看。

陳至人耳朵及一雙手掌貼在曙光之眼石壁上，福多兒再試了一遍，陳至人發現有極輕微的煙霧冒出來，蹲下來仔細察看，妮卡兒也走過來陳至人身後彎下腰跟著看。

陳至人：這裡面好像是空的，剛才有很小的煙霧冒出來，石壁內好像有膨脹跟「隆～隆！」類似滾開水的聲音。

三個人反覆試來試去，卻也沒什麼新的發現，此時天色已大白。

妮卡兒：算了，我們回去吧，一定還少了什麼東西回去問婆婆，至少看起來地方是找對的。

陳至人：等一下，你們過來看看這邊。

陳至人帶著走到石頭邊。

陳至人：這片青苔……這裡有被抹的新痕跡。

妮卡兒：被抹？什麼意思？

陳至人：山婆婆不是說這裡是禁地嗎？這代表有人來過，而且不會太久以前。

第五節　聖刀破口

山婆婆：如果是按照傳說的故事，龜殼放進去應該會有火球出現才對。

陳至人帶來一把放大鏡，妮卡兒拿著放大鏡正仔細觀察兩幅石板上的圖騰。

妮卡兒：來來你們看。

妮卡兒把焦點放在『熔岩烈火』圖騰上，用肉眼看只是一顆看不出深度的極微小暗沉。

妮卡兒：刀上面這裡是刻痕看到沒有？不是掉皮或髒點。

福多兒拿起『熔岩烈火』仔細查看。

福多兒：沒有啊，刀身都是平滑的。

陳至人：有沒有可能那刻痕代表什麼？

福多兒：想太多吧？這麼小小的東西能代表什麼，也可能刻的人不小心碰傷的啦。

第六節　教堂

禮拜天早上，妮卡兒在教堂正帶著小朋友們做禮拜結束禱告，禱告結束妮卡兒如常走到風琴前，面向小朋友坐下。

妮卡兒：各位小朋友，老師現在唱最後一首歌給大家聽，結束後你們就可以回去找爸爸媽媽了喔。老師要唱的是「奇異恩典」，等一下會唱的小朋友跟老師一起唱，好不好？

小朋友：好！

妮卡兒說完轉身過去準備開始彈琴，並沒發現陳至人手揹在後面出現站在門口，妮卡兒開始唱第一段。

妮卡兒：『奇異恩典，何等甘甜，我罪已得赦免；前我失喪，今被尋回，瞎眼今得看見……』

當第二段開始時，卻有男聲英文接唱第二段，妮卡兒略驚訝回頭看，才發現原來陳至人站在門口接唱，妮卡兒停止唱歌但繼續幫陳至人伴奏。

陳至人：『Was Grace that taught my heart to fear, And Grace, my fears relieved, How precious did that Grace appear, The hour I first believed...』

唱歌結束後小朋友們紛紛鼓掌離開，陳至人走進教室手上捧著鮮花，妮卡兒嬌羞又滿溢幸福的甜甜笑容迎向陳至人接近自己……時間定格在陳至人帥氣的臉龐上，當然不會看見交疊在陳至人身後，停留在門外福多兒冰冷妒忌的目光……陳至人把鮮花交給妮卡兒，又從口袋掏出一個戒盒，捧起妮卡兒的右手小心謹慎的把戒指輕輕套在妮卡兒的無名指上。

第十三章　破局

一九八八年

第一節　失言

又是一年多過去了，這段時間一〇四工區並未再傳出石棺事件，整體工程也順利進行。然而隨著時間流逝，各級部隊長任滿更換，雖然陳至人役滿將屆始終以副連長任用，仍然因為任務需求在營內連隊間調任，又回到熟悉的12營二連。

而此時，二連接替王連長擔任的新任連長，正是陳至人的昔日搭檔，另外一位最熟悉第二連的吳天明上尉。

感情上，陳至人與妮卡兒的愛情也已經互許終生，家長們見過面，也有了幾個月退伍後攜手紅毯的人生計劃；公與私的領域平穩而且順理成章的進展，就等待退伍一起踏入人生另外一個階段，卻因爲陳至人休假時在家裡與妹妹遊戲笑鬧間無意說出了兩個字，所有的努力回到了原點。

陳至人跟家人台北的居處只是間出租老舊窄小公寓，陳至人正跟著妹妹擠在房間裡面架起新買的任天堂遊戲，兩兄妹激烈的打鬥著，房間外面陳父坐在窄小的客廳看報紙，陳母則拿著拖把拖地板。

妹妹：哥，快快快，魔王出來了，快，快用絕招啦！

妹妹：哎唷你看又死了啦。

妹妹氣得把控制器甩在桌上。

妹妹：就跟你講精靈的法力不夠力啦，對付魔王一定要用女巫、女巫，你還……

陳至人：哼哼，我就想我的精靈滿血也很厲害，想說試看看。

妹妹：哎呀是怎樣這麼捨不得用，你是不是連這個女巫也當自己老婆啊？

陳至人：亂說，遊戲裡面的女巫是可以娶回家喔？

房間隔音不是太好，斷斷續續傳到房間外引起陳母的好奇，停下手中的拖把仔細聆聽。

妹妹：哥說眞的，竹君嫂的法力到底有多強？她會不會騎掃把在天上飛？

陳至人笑出來。

陳至人：拜託，會飛的是巫婆，跟女巫哪有一樣？別整天胡思亂想。

妹妹：吼，哥你都不知道，我在學校跟同學們說我未來大嫂是女巫，他們都羨慕得要死，說有多屌就有多屌，我好幻想未來大嫂可以騎著掃把，帶我一起飛到天上看星星……

陳至人隨手拿起枕頭砸妹妹頭上。

陳至人：去你的有夠三八，這種事情不要到處亂講啦！

※　※　※

客廳裡，陳至人正在跟父母解釋竹君是女巫這件事情。

陳母：不是，至人，你自己對女巫這件事到底瞭解有多少？

陳至人搖搖頭。

陳母：這是很重要的事情，你怎麼可以都沒有講，然後自己也什麼都不知道？

陳至人：剛剛不就已經說了那只是她出生就被強加在身上的身分，她自己也很不喜歡？我怎麼好意思一直問一直問啊？

陳父：好了，現在要至人說出一個所以然來可能也很難。這樣吧至人，竹君是原住民女兒，有個這麼漂亮的原住民媳婦我們真的很喜歡。

陳母：就是啊我看到第一眼真的好心疼這女孩子，聽你說她的事，獨立性又強，真的很難得。

陳父：但是我們對他們本來就不瞭解，尤其是女巫這件事，我的看法是至人你跟竹君商量看看，我希望她至少能放棄女巫身分，還有讓你退伍後留在那邊繼續發展這件事情必需重新考慮。

陳至人：爸，都已經說好的事情怎麼可以……

陳至人著急的回話卻被陳父打斷。

陳父：至人，十誡第一條是什麼？

陳至人：不可以敬拜偶像。

陳父：就是嘍，我們家只是普通的虔誠教徒，沒有讓竹君放棄女巫嫁進來，哪天她突然有什麼需要在家裡作法，我們怎麼跟上帝交代？

陳至人：爸現在都什麼年代了，你這樣子講不是在刁難人家？何況我們是住在那邊……

陳父：那就更不行了。我知道的不多，也多少聽過女巫的法術也是有危險性的，本來讓你留在那邊我也有在猶豫，但想想既然我們家現在的狀況在台北想發展有困難，讓你到一個新的地方重新發展或許是一個不錯的決定……但是我只有一個兒子，在兒子未來的生活可能面臨有無法預知的危險，我也必需重新做考慮。

陳母：你爸說得對，我一定第一個吃不下飯睡不著覺。

陳至人：爸，媽你們是不是想太多了啊？

陳父搖搖頭。

陳父：至人，爸一直有一點心裡話想跟你說，過去幾年因爲爸爸的工作沒做好，害你們兄妹必須自己在外面生活得不到爸媽的照顧，眞的對你們很抱歉，尤其是你至人，你自願當這趟四年兵，剛剛出社會就撐起家裡的需要，還要顧好妹妹，眞的很感謝。爸爸過去是沒有把事情做好，一個家才會弄成這樣，但不是爸爸做了不好的事。過去我們都經過了很辛苦的過程今天才能夠重新團聚，以後每一步都必需很小心謹愼……眞的，請你體諒爸爸媽媽的想法，好不容易重新建立的這個家庭，承擔不起再次失敗的痛苦。

第二節　變

一如往常的休假回家，一個禮拜的小別後，陳至人總會提前一天回到市區，先跟妮卡兒繾綣相聚。

激情過後的飯店房間裡，妮卡兒仍窩著棉被趴在陳至人身上熱情餘韻，陳至人則探出頭來點根菸，深深的吸了一口。

陳至人：君。

妮卡兒：嗯。

陳至人：如果……

妮卡兒仍在用力親吻，聲音含糊。

妮卡兒：嗯。

陳至人：我是說反正妳也很討厭當女巫，如果……

棉被裡妮卡兒停頓了一下，又繼續親吻。

妮卡兒：如果怎樣？嗯，我在聽。

陳至人：我是說如果要妳放棄女巫……

妮卡兒動作停下來，頂著棉被略抬頭眼睛盯著至人。

妮卡兒：你說的，還是伯父伯母說的？

陳至人點點頭，沒說話。

妮卡兒：那你的意思呢？這算是伯父伯母的結婚條件？他們不是老早知道這件事才答應的，怎麼會突然提……還是……原來你根本沒說？

陳至人沒說話又深吸一口菸，還沒來得及吐出來妮卡兒一下子鑽出棉被騎在陳至人肚子上，突然變臉一把搶下香菸在菸灰缸裡用力摁熄。

妮卡兒：臭王八你還抽什麼抽？起來把話給我講清楚！

陳至人看著妮卡兒欲與還休，妮卡兒越看越火大。

妮卡兒：爲什麼女巫這件事到現在還說不清楚？因爲你根本不敢說？

妮卡兒說完坐起來把長T恤套在身上。

妮卡兒：因爲我是女巫，才有資格帶領族人進入教會，這樣說不明白嗎？

妮卡兒抓起其他衣服衝到浴室，關起門後貼著浴室門板急喘。

陳至人獨自坐在床上又點了一根菸，剛抽完妮卡兒已經穿好衣服出浴室走到床頭邊拿起包包，情緒已經沒那麼激動。

陳至人趕緊拉住妮卡兒的手，卻被妮卡兒甩開。

陳至人：不是，君妳聽我說。

妮卡兒：至人，你不敢跟長輩們說，表示你對我也有猶豫，對，我是不喜歡當女巫，但是我對部落仍然有責任我不可以放棄。如果結婚後是要我放下族人到台北當家庭主婦，我眞的辦不到。

陳至人：沒……沒人要妳在台北當家庭主婦，妳也可以在台北……

陳至人想解釋卻反而刺激妮卡兒的情緒。

妮卡兒：問題就是我人在台北是要怎樣照顧到我的族人？哎，算了，還是先讓我冷靜一下好了。

說完妮卡兒往門口走了兩步又回頭。

妮卡兒：至人，我當然知道不是人人都可以接受女巫這件事，尤其是長輩們，所以一定要先講明白，讓長輩能夠諒解而且接受，但你不能沒說當作有說來呼攏我到現在才……哎，算了，這件事也眞的是需要決心跟勇氣不能全怪你，但如果實在得不到長輩的諒解，我想我們可能也眞的不適合再繼續。

第三節　渙散

大白天，12營二連的安全士官跟連行政在連部竊竊私語。

安全士官：喂，你去幫忙把副連叫起床。

連行政：副連？才不要，要去你自己去。

安全士官：別這樣啦，上一班說他快天亮才醉醺醺回來，現在才幾點我去叫怕挨罵。

連行政：啊你去叫會挨罵我去叫是不會逆？我又不是不會輪安官，這麼衰的事情，誰遇到自己倒楣。

安全士官：副連現在怎麼變成這樣？

連行政：就人紅，大尾啊，然後現在連頭仔又是吳天明，聽說以前副連幫了他很多，加上快退伍，當兵當到這麼爽要是我玩得一定比他還兇……好啦好啦要去卡緊去，工地不知道什麼事等下叫晚了挨罵更多。

安全士官：哎！

安全士官提起槍走到副連長室門口。

安全士官：安全士官報告！

安全士官敲了幾次門，但一直得不到陳至人回應。

安全士官：安全士官報告！

安全士官繼續敲門，房間裡面陳至人終於被叫醒，懶洋洋起床的聲音。

陳至人：呃~幹什麼？

安全士官：報告副連長工地來電話，要副連長馬上過去。

仍然迷迷糊糊的陳至人很不耐煩的口氣回問。

陳至人：過去幹什麼？現在幾點了？

安全士官：報告現在早上十點……工地什麼事不知道。

陳至人：什麼都不知道還叫我幹嘛？不是連長排長都在？

安全士官：好像是于將軍指定要副連長馬上過去。

房間裡面立刻傳出乒乒乓乓跳下床的聲音……房間門終於打開，陳至人從房間裡面衝出去。

※　※　※

二連吳連長帶著排長在工地站直挺挺的聽于將軍訓話。

于將軍：你昨晚剛剛休假回來，白天施工時你不在，排長來報到不久沒做過 PU，沒關係我不找你們，我知道你們連上有專業的，開始到現在整個么洞四工程的 PU 防水工程是按照他的方法制定施工標準的，他一定懂，昨天也必需在，我找他過來解釋！

陳至人開吉普車過來，途經營部連被打電話通知的值星班長攔住，說是昨天打下去的 PU 防水有一大片到現在沒乾無法施工，于將軍在發脾氣。

陳至人：有硬化劑混合怎麼可能沒乾？

班長：昨天後來叫新兵調劑，好像放錯了。

陳至人：媽的這下慘了！

陳至人繼續往工地，老遠就看到于將軍揮手，車還沒停好將軍已經朝自己方向快步走過來，陳至人趕緊下車。

于將軍：陳大副連長終於把你請來了，發生什麼事應該知道，不需要我多做說明了吧？

陳至人站直挺挺的，點點頭。

于將軍：這 PU 施工方法可是按照你提出的方式做成標準的，沒有人比你更懂這個工作，你親自指揮的部隊怎麼會犯這種低級錯誤？

陳至人：報告將軍，是……疏忽了。

于將軍：疏忽了？是誰疏忽了？是你？還是排長？還是班長？還是操作的弟兄？

陳至人：是……是我。

于將軍：你是眞的疏忽而已嗎？還是你認爲這工作太簡單了，瞧不起這項工作根本沒來看？我好長時間沒在工地看到你了。

陳至人低頭不敢回答，于將軍冷笑一下。

于將軍：哼！我根本不用問，光聞你身上的酒味已經知道答案了。還剩下不到四個月退伍了是吧？要退伍了夜夜笙歌，弟兄們也都丟在一邊不管，反正熬一下就過了，營長連長也拿你沒辦法是嗎？難怪連長休個假，給我做出這樣子的東西出來……工作上該怎麼處理我知道你心裡比我還有數，就不需要我多說了，怎麼收拾你自己看著辦！

于將軍說完氣沖沖上車，上車後回頭叫吳連長。

于將軍：吳天明，等陳至人把這邊收拾好，到我辦公室來找我報告！

吳連長：報告，是！

第四節　分手

陳至人手上拿了一束花，站在醫院門口等妮卡兒。妮卡兒老遠看到陳至人想躲開，陳至人趕緊上前攔住，妮卡兒想閃，陳至人就是擋在前面。妮卡兒看閃不掉，乾脆停下來死死瞪著陳至人。

妮卡兒：閃開！

陳至人不讓。

妮卡兒：叫你閃開沒聽見？

陳至人：不是，君，我……

妮卡兒：好狗不擋路，讓開！

陳至人忽地一把抱住妮卡兒，妮卡兒用力掙扎。

陳至人：好，好，我是狗……竹君別這樣，我是眞的愛妳，請別這樣……

妮卡兒在陳至人懷裡聽到身體軟沓下來，雙眼被不住的淚水緩緩盈眶。

陳至人：君別這樣，我們重新開始好嗎？我就快退伍了，等我一退伍馬上娶妳回台北，女巫的事我跟爸媽說好了，暫時放下都先別管了。

妮卡兒聽到這裡突然用力掙脫陳至人。

妮卡兒：你眞的可以放棄台北跟我一起留在這裡嗎？

陳至人當場愣住……妮卡兒往前跑到陳至人背後停下來啜泣。

陳至人正要轉身又被妮卡兒衝過來從背後緊緊抱住，濡濕的臉龐緊緊貼住陳至人後背嗚咽著。

妮卡兒：你知道嗎？我不是不愛你了，我眞的眞的好愛好愛你，但是你想過沒有？我願意跟你一起生活在教會裡面，可是你跟你的家人能夠眞正接受我們的部落嗎？

陳至人轉過身摟著妮卡兒在懷裡擦拭眼淚。

陳至人：君，服事的方式有很多種，並不是一定要把自己當摩西，一定要由自己帶領族人到迦南地，不是嗎？爲什麼一定要給自己那麼大的壓力？

妮卡兒俯在陳至人肩膀繼續嗚咽說著。

妮卡兒：就因爲我是祖靈指定的女巫，族人的信仰是我的責任，我不喜歡也不能夠背叛祖靈的你知道嗎？這樣子還不能夠明白嗎？

陳至人緊緊摟住妮卡兒，讓妮卡兒在自己懷裡痛哭一陣宣洩情緒後，妮卡兒掙開陳至人。

妮卡兒：如果我的祖靈同意我選擇用基督的方式，你能夠跟我一起留在這裡嗎？爸爸媽媽他們相信嗎？願意讓你留在這裡跟著我一起努力嗎？

妮卡兒見陳至人又是低頭沉默不語，情緒再次激動又緊緊抱住陳至人。

妮卡兒：你又不說話，每次講到這裡你都不說話，那到底要怎樣才是我們的未來？如果沒有，我們現在在一起還有意義嗎？信仰與信仰的距離，爲什麼你到現在還不能明白？爲什麼你到現在還沒辦法跟我一起面對？

妮卡兒終於崩潰死命敲搥陳至人肩膀。

妮卡兒：如果一起努力走到終點對你是那麼困難的事，爲什麼一開始要讓我抱著希望？……我好難好難你知道嗎？我需要你伸手拉我，你究竟是不懂，還是不願意懂？你怎麼忍心讓我一天一天等，又一次一次的讓我失望？

妮卡兒突然強忍情緒停止哭泣，放開陳至人，牽起陳至人的雙手，陳至人也抬起頭跟妮卡兒對望。

妮卡兒：如果你真的拿不出勇氣，我……我們……我們還是到此爲止吧。

妮卡兒說完放開雙手，頭也不回痛哭跑開。

第五節　陷阱

普悠瑪頭目獨自坐在家裡泡茶，巫師匆忙走進來。

頭目：ㄟ……來來，坐，喝一杯。

頭目泡一杯放在巫師面前，巫師拿起茶杯一飲而盡後告訴頭目。

巫師：我有聽說了一些東西，kararuan 那邊當初遷過去的時候，有一戶阿密斯養鹿人家是本來就在那邊，位置比較偏，聽說是一個中年人帶個小女孩，很少跟其他人打交道，所以大家都不熟。後來搬出去了，但房子那些都還在，好像偶爾會回來，有人看過燈會亮。

頭目：你的意思是……

巫師：我們跟阿密斯我都查過了，根本不可能有人有那麼大的巫術，還可以控制地震跟天氣，講出來都沒有人相信。但古老的傳說也確實有這樣的巫術存在，工兵之前又有這麼多的意外巧合，我想查一下也是有必要的。

頭目：好的，了解一下，如果眞的可以查出個什麼，對將軍也好有個交代，小心一點。

※　※　※

已經一陣子沒有到笑臉的妮卡兒，這天晚上下班後過來，就是緊繃一張臭臉窩在櫃台裡面東弄弄西弄弄，秀蓮看在眼裡，趁客人比較少時湊過來正在洗杯盤的妮卡兒旁邊。

秀蓮：是不是眞的就跟軍官閃了？

妮卡兒沒抬頭，只邊洗邊「嗯」了一下，講話同時髒東西卡進戒指縫，妮卡兒看了一下，手指用力搓呀搓的索性把戒指脫下來放旁邊清理，秀蓮嘆了口氣。

秀蓮：哎，好可惜。

妮卡兒：有什麼好可惜？

秀蓮：好可惜這麼好的對象啊。

妮卡兒停下來，想了一下。

妮卡兒：算了，別提他了。

秀蓮：什麼別提？這幾天他天天來這邊喝酒天天問，妳不說我怎麼知道要怎樣幫妳擋？

妮卡兒聽到很驚訝。

妮卡兒：什麼？妳說他天天來這裡喝酒？

秀蓮無奈點點頭。

妮卡兒：那……那都什麼時候來的？

妮卡兒說話的同時剛好外面陳至人到，歪歪斜斜下了計程車正在付錢。

秀蓮：哪，那邊！

妮卡兒大驚往外看到陳至人，趕緊抓了包包往後面跑。

妮卡兒：姊我先走了，別說我在這裡。

秀蓮：不回來了？

妮卡兒用力揮揮包。

秀蓮看妮卡兒走遠了，裝腔作勢朝後門大聲喊。

秀蓮：喂~妳戒指還在這裡。

秀蓮喊完，旁邊座位區女孩們回頭往這邊看了下，秀蓮確定有其他人聽到後再拿張紙包住戒指放進口袋。

陳至人走進來靠在吧檯上。

陳至人：竹君有來嗎？

秀蓮：所有人都在這裡了，你仔細看清楚，她有在裡面嗎？

陳至人環顧一下四周，搖搖頭，秀蓮全身上下打量了一下陳至人。

秀蓮：去，去那邊坐，今晚姊請客。

陳至人點點頭走過去坐下。

秀蓮在櫃台泡了兩杯調酒，左右看了一下，從抽屜深處摸出一小包粉放進其中一杯，調好後秀蓮端著酒走到陳至人旁邊坐下，把有攙粉的杯子放在陳至人面前，並且拿出包戒指的紙給陳至人。

秀蓮：竹君白天有來，知道你會來，託了這個東西帶給你。

陳至人打開看見是訂情戒指大驚，情緒立刻激動。

陳至人：什麼，這，這……那……那她還說了什麼？

秀蓮搖搖頭。

秀蓮：只留了一句「你看到就會明白」，其他有什麼不明白的你改天自己問她嘍。

陳至人掩著臉低下頭，秀蓮端起兩個酒杯，把陳至人面前的酒杯遞給陳至人。

秀蓮：姊不知道那是什麼意思，不過看你這樣應該也不會是讓你開心的東西，來，喝大口一點，喝了酒暖心，會好過一點，姊陪你。

陳至人拿過來酒杯一飲而盡，但喝完後不久開始喘著大氣，整個人天旋地轉。

※　　※　　※

午夜，陳至人並沒有回營區，而是留在卡啦 OK 後面秀蓮的房間。

秀蓮正騎在陳至人身上，兩人瘋狂的接吻瘋狂的做愛，但是在陳至人迷迷糊糊的做愛過程，卻是一遍又一遍呼喊著竹君的名字。

第十四章　回到戰場

第一節　學弟

晚上陳至人沒再出門，而是獨自在房間裡面喝悶酒。

陳至人：媽的，我到底在幹什麼？

陳至人倒滿一杯狠狠地喝下肚。

陳至人：幹！女巫的的事情搞到竹君不理我，莫名其妙被秀蓮那個老女人睡，還爲了一個PU被將軍狠狠罵一頓……

陳至人又倒滿一杯猛喝下肚，臉上開始漲紅。

陳至人：噁~幹，幹幹幹！做什麼事通通不對，到底是哪裡出了問題，幹！

陳至人再倒滿一杯，正仰起頭準備喝下去，突然門被推開一顆腦袋伸進來，陳至人愣住把杯子放下。

趙連長：哈囉，帥哥，一個人躲在房間開喝啊？

14營營部連趙連長突然探頭進來，把陳至人搞愣了一下。

陳至人：唷，什麼風把趙連長吹來了？來來來這邊坐。

趙連長：坐就不用了，馬上得走，我專程帶一個人拜碼頭來的。

陳至人：拜碼頭？

趙連長頭探出去揮手叫人，一張熟悉的臉孔笑嘻嘻出現在門口，讓陳至人大感驚訝。

方佑偉：學長好。

陳至人：呀……佑偉？你怎麼也在這裡？什麼時候到的我都不知道？

趙連長：昨天才剛到……欸醜話我先講在前頭，你這學弟我在指揮部可是好不容易搶到的，讓他先學習準備接我連上的工程士，你不可以攔胡，攔胡翻臉啊。

陳至人臉上堆滿笑容。

陳至人：安啦，附贈全身的功夫放給他，這樣滿意了吧？

趙連長：那還差不多，沒辦法誰叫你身上磁場太強大了……好了先這樣，你們聊我先走了，哎，今天早上又挖到了，還有得忙。

陳至人：又挖到了，你是說……石棺？好久沒出現了。

趙連長無奈點點頭。

趙連長：那我走了，小方還記得回去的路吧？

方佑偉：知道，沒問題。

陳至人：死老百姓，二兵這種態度跟連長說話？哪個中心教的？

方佑偉敢緊立正敬禮。

方佑偉：報告連長，知道，謝謝連長。

陳至人：這還差不多。

趙連長：哈哈，好，好，那我走嘍。

趙連長走出房間，陳至人叫方佑偉坐下。

陳至人：家裡爸爸媽媽都還好嗎？一直想唸伯母幫我送行時烤的蛋糕，好香啊，眞想再嘗一次。

方佑偉：當然沒問題。我來這邊報到前還告訴他們確定跟學長同一個部隊，他們聽到很高興，想說這樣子就放心了，不過可惜差一點點沒有在同一個連上。

陳至人：那不必了，這邊在哪個連隊都一樣，重要的先把本事學好，再把學到的本事拿出來用，幹得好誰都會看見的。

方佑偉：知道了學長。喔對了學長，那個石棺是怎麼回事啊？才剛到連上就聽到很多人在講？

陳至人：那個啊……有點說不清楚，等你待久就明白了。反正在這裡工作，最重要就是保護好自己，安全最重要……隨時要觀察周圍環境，腳上踩的，天上掉下來的，安全上沒把握的事千萬別去亂碰，知道不？

方佑偉：知道了學長。

說話的同時吳天明出現在門口。

吳天明：欸，說話啊，這是……

看見有個中尉走進來，方佑偉趕緊起立。

陳至人：喔這是我學弟，老趙連上的，剛帶過來這裡找我認親……佑偉這是我連長。

方佑偉：連長好！

吳天明：難怪我剛回來時好像看到老趙走出去。對了，剛剛營部開會回來，有點事找你談。

方佑偉：那學長時間也不早了，我先回連上？

陳至人：嗯，好吧，你先回去，明天下午聯絡一下，晚上學長請客，到俱樂部幫你接風？

方佑偉：謝謝學長，不過先不急著這兩天，我想先用點時間熟悉一下這邊。

陳至人：那好吧，多用點心在工作上是對的，有事就直接電話到我連上，不在留話給安全士官就可以了，我會找時間過去看你。

方佑偉：好的，謝謝學長，謝謝連長。

吳天明目視著方佑偉走出房間。

吳天明：唷，這學弟蠻上道的嘛！

陳至人：那當然，學校時就是我徒弟，親自調教的……怎麼樣？營部開會說了什麼？

吳天明：是這樣，營部連長老田滿了，新連長西部調過來，還要先去受訓，二個月後才過來報到，老田過去放太鬆，連上還有十幾個再二個月同梯退伍的老兵，副連長小鐘剛上任根本罩不住。

陳至人冷笑一聲。

陳至人：哼，那不意外，老田的問題不只是放太鬆而已，小鐘這個副連長升得太早，還沒準備好……

吳天明：營長打算把小鐘暫調營部，另找資深副連長壓陣。

陳至人把臉沉下來。

陳至人：資深副連長？誰？

吳天明見陳至人拉下臉，講話有點支支唔唔的。

吳天明：有……有人提議調你過去。

陳至人拉下臉直直盯住吳天明。

陳至人：誰提議的？

吳天明愣了一下才回答。

吳天明：是我。

陳至人站起來脾氣瞬間爆發。

陳至人：喂，你提之前好歹先問一下，尊重一下好不？這算什麼？我們在這裡兄弟一起也快四年了，這四年哪件事只要我辦得到的，哪件事沒有全力挺你？連娶老婆都是我幫的，我再過幾天就破百，想要的也不過就是個平靜退伍這麼簡單，你他媽明明知道那是個想頂都不一定頂得起來的屎缺，就非要把我往火坑裡推？

吳天明：至人你冷靜點聽我說，我不提……

陳至人：冷靜他媽什麼冷靜，換作你是我你冷靜得下去？你不提別人一樣提是吧？那就讓別人提啊！你瞎湊什麼熱鬧？是我不夠資格這樣要求嗎？

吳天明：幹嘛把話講成這樣難聽？怎麼說我……哎，算了，你現在情緒太激動，我走，你自己先冷靜冷靜。

吳天明走出副連長室，背後的門「砰！」一聲用力關起來，隔著門傳來陳至人的吼叫聲。

陳至人：幹，冷靜個屁我冷靜！

吳天明聽在耳裡搖搖頭嘆氣。

第二節　遺失

秀蓮已經兩個禮拜住在店裡沒有回家，一大早剛剛走到家門口，正拿著鑰匙開門，一張夾在門縫的通知單掉在地上。

秀蓮撿起通知單，邊看邊走進房內，通知單是一張由 kakawasan 主辦，kakawasan 跟 kararuan 兩個分社合辦的旅遊報名表……秀蓮進屋後隨手把通知單甩在茶几上，進房間換衣服，換到一半時停下了手上的動作。

秀蓮：kakawasan 主辦旅遊，那不就頭目跟太太一定會去？

秀蓮趕緊換好衣服走回客廳拿起通知單仔細看。

秀蓮：哎喲，三天兩夜，今天已經出發了……嗯，現在老太婆又坐輪椅，福多兒晚上一定在麵店幫忙，嗯……

秀蓮拿起電話，撥了妮卡兒家裡的號碼。

秀蓮：喂，妮卡兒，這麼巧妳剛好在家……是啊是啊，妳都好久沒來店裡了，姊想妳了啊……沒有沒有，那天以後就沒來了……嗯，都沒再過來，也是這麼大的男人了自己心裡應該明白了吧？……哎，如果彼此心裡還有牽掛，等大家冷靜下來再談一談也好。對了，妮卡兒，姊打電話來其實是想找妳幫點忙，就今天晚上啊，想請妳過來幫姊看店……沒有啦，就台北一個很要好的朋友結婚，非要我上去一趟不可，太遠了本來不想上去，就打電話來一直盧一直盧……真的？妳剛好這兩天都休假？那太好了……一個晚上就夠了啦……真的兩天都可以過來？那實在太感謝了，老實說我是有想大老遠跑台北一趟，只待一個晚上是有點太浪費，也太累了，所以不太想上去……好喔好喔，太太棒了，真是我的好妹妹，那……我就把鑰匙留在笑臉的信箱，剩下的就麻煩妹妹嘍……感恩感恩，真是太感謝了，那就這樣，bye嘍。」

秀蓮掛掉電話，收起電話裡的親和，留在臉上的是一抹詭譎的笑容。

※　※　※

初夜，福多兒家裡沒有人在，屋裡黑漆漆的。

一個黑影鬼鬼祟祟來到福多兒窗前，探頭探腦查看確定屋內沒有人，拿出塑膠卡片，從鋁窗窗縫伸進窗內，卡住半圓窗栓下緣小心奕奕把窗栓往上頂……窗栓頂開後，把沒紗窗的半邊往另外一頭推，然後爬窗進入屋內。

黑影走到『熔岩烈火』面前，取下玻璃罩，換上去一把長相類似的玩具刀再罩回玻璃罩後，回頭跳出窗外，並復原窗戶離開。

第三節　入列

「各營營長收到請回答，各營營長收到請回答，這裡是泰山總機。」

「么四莊營長收到，over。」

「兩洞鐘營長收到，over。」

「么兩黃營長收到，over。」

「么么白副營長收到，over。」

「請各營營長注意，指揮官請各營長立刻前往么兩營營部連工地集合，並請通知各連長一起前往，over。」

各連隊接到通知後，吉普車從工區各方向陸陸續續匯進主幹道形成壯觀車隊，車隊到了12營部連工地，所有軍官下車都被眼前景象震懾：地上六具石棺圍成一個圓圈，以太陽芒形式列陣對著圓心等距置放。

普悠瑪巫師已經到位開始爲石棺開棺祈福，考古專家也已經在旁等候，以及營部連重機具現場待命。

現場揚起飛沙走石，低壓烏雲滾滾翻騰……

※　※　※

熾烈的太陽下，14營工區一台推土機停在施工道路旁。

推土機熱車並未熄火，鏟刀也高舉沒有放下，推土機駕駛正在車尾保養鐵犁。

方佑偉跟連上排長從推土機正面走過來，邊走邊討論工程，二人走到鏟刀前面蹲下，邊討論工作也兼著躲太陽，排長面向鏟刀，方佑偉背向鏟刀。

推土機駕駛又爬上駕駛座，面朝車尾趴跨過座椅背調整機件……排長手上拿著圖正在跟方佑偉解說。

排長：佑偉你看前面，那邊有根樁看到沒有？再遠還有一根樁，有沒有看到？

方佑偉手遮著太陽瞇著眼睛看前面。

方佑偉：有，有，看到了看到了。

忽然推土機駕駛一個腳踩空，整個人滑下來……駕駛腳踩到油門身體又把操縱桿前推，推土機立刻往前進。

排長：從這根樁到那根樁必須降坡三十度角……啊~閃開！

排長忽然看到推土機往前進，大叫閃開伸手想抓方佑偉，但根本來不及。

背對推土機的方佑偉還來不及出聲，就已經被鏟刀推倒並遭到履帶輾壓喪命。

血肉模糊，汩汩鮮血癱流滿地……

※　※　※

浴室內水池邊，陳至人光著身體把整顆腦袋栽在浴室水池裡浸泡，腦袋裡浮現的是吳天明對著自己憤怒咆哮的畫面。

吳天明：對，你說幫我的那些都是事實，現在不要說我是你的連長，你他媽到底我還欠了你多少？你每天喝酒擺爛，行蹤不定，已經嚴重影響了我的工作你自己不知道嗎？一百天，三個月多十天，好，我現在就老老實實告訴你，一天我都已經受不了了！

陳至人用力把頭抬起來，水花夾雜宣洩吶喊到處飛濺。

陳至人又用力把腦袋栽進水池，腦海裡浮現的是指揮官面對自己的指責。

指揮官：還剩下不到四個月就要退伍了，剩下這最後的時間，你是要再一次拿出些東西來留給營上，還是就這樣渾渾噩噩到退伍，辛苦了四年，到最後卻只留下罵名，就看你自己了。

陳至人再次用力把頭抬起來，怒吼和著水花飛灑再一次宣洩自己的情緒。

陳至人又一次把腦袋栽進水池裡……這次幾乎半個身體都栽進水池，不捨午夜夢迴的小學弟再一次走進自己的腦海。

方佑偉：學長對不起，學長的接風酒我沒辦法參加，害學長失望了。

佑偉說完冷冷地轉頭離去。

遺址

陳至人緩慢抬起頭來，劇烈喘氣、眼露凶光，野獸般的吼叫狂飆迴盪整間浴室。

※ ※ ※

12營營長在會議室跟相關軍官們開會討論營部連面臨的問題。

營輔導長：這樣子下去眞的不行，以前老田就放著沒在管，現在沒了連長，小鐘更不敢管。營部連離山婆婆麵店那邊最近，聽說到了半夜像專用俱樂部一樣，可以到那邊晚點名了。

營長：天明，至人那邊怎麼樣？點頭了嗎？

吳天明：還不行，情緒還是很大。

營長：哎，如果勉強發人令他不能不過來，但來了如果眞的擺爛麻煩就大了，有沒有比較好的方式？

工程官：他的脾氣這眞的很難說，明天我們還一起破百。

營輔導長：眞的檢討不出其他人過來？

營長：能力上信得過的都已經一個蘿蔔一個坑，硬從其他單位調，就算過來了也沒辦法立刻上手。

副營長：現在又發現石棺群，沒一個強悍的帶營部連，眞的不知道會出什麼事……這樣吧，如果真的找不到人，就我自己下吧！

會議室外有人敲門，陳至人喊報告後開門進會議室。

陳至人：報告營長，營部連我來接，明天晚餐後報到！

第十五章　山洪紀事

第一節　空屋

普悠瑪巫師進入 Kararuan 後面靠山的一間空屋，屋裡只有覆蓋滿滿灰塵的破爛舊家具，看得出來已經很久沒有人住了。

巫師到處東翻翻西看看，當把一個牆角的櫃子推開後，發現底下的地板有一個銹蝕嚴重的鐵蓋。

巫師把鐵蓋用力打開，底下噴出一縷濃烈青煙。

第二節　操練

12營營部連的連部在舊機堡內，一整天的滂沱大雨，所有大型機具、設備擺放整齊在連集合場，陳至人坐著吉普車穿過大型機具設備在連部門口停下……陳至人下車，二連駕駛幫陳至人放下行李後就離開，陳至人站在門口眼看機堡內人聲吵雜人員到處散落，角落的安全士官也自顧自的沒有立刻過來詢問……「歹阿歹阿，眞的來了。」兩個在中山室餐桌看電視的小兵看到陳至人趕緊往裡面跑……陳至人走進中山室，拉開嗓門大聲喊叫。

陳至人：値星官在哪裡？

所有人員瞬間安靜注視陳至人。

値星馬排長揹著値星帶從排長室裡面跑出來，輔導長也開門走出房間到陳至人旁邊。

馬排長：副連有什麼要交代嗎？

陳至人：先叫傳令把我行李搬到副連長室，然後把所有連長室公文全搬到我桌上。

馬排長趕緊叫傳令過來交辦，陳至人看著中山室牆上時鐘停在七點半。

陳至人：馬排全連的人員現在都到齊嗎？

馬排長：應該是。

連輔導長：喔政戰士去了指揮部。

陳至人：好，現在是七點半，除了公差不在連上的，七點四十分全連甲種服裝不帶槍集合準備基本教練。

馬排長：副連長這怎麼可能？我們在這裡做工程這麼辛苦怎麼可能基本教練，還要甲種服裝？那不是要戴鋼盔？

陳至人把臉沉下來。

陳至人：你今天開工了？

馬排長：報告，今天下大雨沒有。

陳至人：有條例規定么洞四工區部隊不可以基本教練？

馬排長：報告，沒有。

陳至人拉下臉對著馬排咆哮。

陳至人：那你還站在這裡做什麼？你只剩下七分鐘集合部隊！

值星官趕緊回頭吹哨對所有人宣布，瞬間整個宿舍乒乒乓乓開始動起來。

陳至人：聽清楚我說的是全連，除了安全士官保持現狀站姿警戒，包含輔導長、傳令、我，全部甲種服裝集合！

陳至人說完往副連長室走去，馬排長在後面追問。

馬排長：那排長呢？

陳至人停住腳步回頭。

陳至人：我說我都要戴鋼盔，請問排長你說呢？

馬排長趕緊跑回排長室著裝。

※　※　※

中山室內，包含陳至人全部人員甲種服裝，戴鋼盔按操練隊型集合，值星官向陳至人敬禮後呈上點名簿。

馬排長：值星排長報告，全員到齊！

向陳至人行禮後入列，陳至人開始對全連精神講話。

陳至人：工兵構工視同作戰，今天我會站在這裡，就是各位這段時間越來越像民間營造廠，沒有戰鬥部隊的樣子。所以要透過基本教練提醒各位，你還是軍人，這裡還是部隊，軍人要有軍人的樣子，部隊要有部隊的紀律。從現在開始到晚點名就是操練時間，敬禮之後各班幹部開始帶隊操練，如果讓我發現有幹部忘記怎麼操練的，我會親自提醒你，請值星官開始動作。

值星官敬禮後宣布各班長開始操練……操練口令此起彼落……外面的雨勢越下越急，但是在營部連入口角落，副營長跟營輔導長站在暗處觀看。

第三節　山洪爆發

妮卡兒房間牆上的時間指在凌晨三點半，妮卡兒仍然在床上睡覺做著溫暖的夢，夢裡忽然出現龜殼在火光中急速打轉畫面驚醒妮卡兒。

妮卡兒起床打開窗戶，外面整片天空黑壓壓，狂風暴雨又大又急，望向遠方只有阿婆店方向的天空一小團詭異微弱黃光。

妮卡兒：怎麼可能……糟了，婆婆那邊一定有事。

妮卡兒趕緊穿衣服跑到車庫穿雨衣，雨衣穿好要跨上野狼機車，想想不對。

妮卡兒：龜殼……對，夢裡面有烏龜殼！

妮卡兒又跑回房間把龜殼放進背包，揹上背包又跑出去。

※　※　※

「嘩……嘩……」

副連長室內陳至人桌上鬧鐘指著三點四十五分，忽然寢室外面傳來陣陣吵雜聲音把陳至人吵醒。

陳至人：奇怪，天亮了？怎麼好像才剛剛睡著的感覺？

陳至人伸手摸到鬧鐘，瞇著眼睛看指針。

陳至人：才三點四十五？那外面在吵什麼？

陳至人起床站起來，才爬上模板隔牆要看看外面什麼事，卻先看見旁邊門縫滲水進來。

陳至人：幹！這裡離外面那麼遠怎麼會有水進來？

陳至人大驚，趕緊把床下東西全搬到床上……水已經淹到跟床一樣高，陳至人衝出房間，大聲喊叫。

陳至人：所有人注意：一、所有下鋪人員搬到上鋪去。二、安全士官立刻把總電源關掉。

士官兵：好！

「啪！」一聲室內瞬間漆黑，所有人動作摸黑進行。

陳至人：安全士官，現在連上是不是全員到齊？

安全士官：報告是，全部到齊！

「都到位就操甲兇，擱有氣力出去外面？」

「哈哈哈哈哈！」

黑暗中神來的一句話，樂了所有弟兄們。

陳至人：咳咳……好啦，自己知道就好……怪手吳永、李日新、王為明，推土機范大鵬、卓紹雄，還有履帶鏟車莊日松，點到名的立刻穿上雨衣上車跟我去搶救，其他人留在連上待命！

全體士官兵：報告，是！

陳至人：馬排你跟陳排留在連上維持秩序，對講機揹著隨時聯繫，如果有緊急狀況需要調度支援你要負責指揮。

馬排：是。

※　※　※

五個12營一連阿兵哥趕夜工加班結束後到山婆婆麵店吃麵喝酒，其中一個叫做順仔的阿兵哥向另外一個阿彬叨唸。

順仔：幹，今天怎麼這麼安靜，營部連竟然一隻人影都沒見到？

阿彬：大概雨下那麼大吧？

順仔：嗯……昨天一樣下雨還不是照來？

阿彬：阿災？買單了……阿婆我們買單。

阿婆：好！

山婆婆推著輪椅過來。

阿彬：阿生不然你們先走我們找個錢就來？

阿生：下雨這樣回去好嗎？

阿生往外面看一下，雨勢稍有減緩。

順仔：怕什麼？天快亮了不回去事情才大條，趁現在雨小一點趕快走。

阿生：好啦好啦，那我們先走。

阿生跟其他兩人先離開，阿彬跟順仔兩人找完錢後也打起雨傘往外走。

阿彬跟順仔前腳剛剛離開，山婆婆卻突然瞬間暈眩……

暈眩過後，山婆婆竟然顫抖著雙手吃力撐起身體站起來，離開輪椅跑出去一邊喊叫要阻止阿兵哥往前走。

妮卡兒騎機車剛剛趕到麵店，眼見山婆婆竟然站起來用跑的，追上並攔下落後的阿彬跟順仔……

妮卡兒：什麼？婆……婆婆可以站起來？那，那婆婆坐了一年的輪椅……

正此時山上突然「轟！」地響起地鳴巨響，緊接著山上大水猛衝直下，走在前面的阿生等三個人瞬間被捲進山洪裡。

眼前景象妮卡兒立刻驚聲尖叫。

妮卡兒：啊~~~

所有人：啊~~~

阿彬：順仔，這邊……走，快，這邊~~~

順仔：好~好~好~

阿彬跟順仔嚇壞，丟下山婆婆往旁邊高處落慌逃竄。

妮卡兒趕緊衝過去……正此時又有另外一股洪水沖下來沖走山婆婆，把山婆婆用力打在不遠樹幹上，山婆婆剛好抱住樹幹在水中浮沉……妮卡兒追過去救山婆婆，找到幾顆冒在水面的石頭勉強涉水到山婆婆的位置，才剛剛抓住山婆婆，又是一股洪水沖下來把路阻斷成了孤島。

妮卡兒緊緊圍住山婆婆抱緊樹幹，人在水中載浮載沉。

暗夜中妮卡兒大聲喊叫救命，但沒有人可以回應……妮卡兒已經嚇哭，但仍然沒忘記一邊嗚咽一邊安慰山婆婆。

妮卡兒：婆婆妳要撐住，一定要撐住。

山婆婆緊閉著雙眼虛弱的點點頭。

瀑布。

幾乎同時間陳至人跟營長帶著重裝備趕到，泥土便道已經被大水沖斷，眼前山坡成了大瀑布。

陳至人：吳永，你跟兩台推土機想辦法先挖溝再圍土堰把水導進排水箱涵，知道怎麼做吧？

開怪手的吳永點點頭，跟推土機「嘎啦嘎啦」馬上掉頭展開工作。

陳至人：營長可能麻煩你留在這邊幫忙指揮，我帶另外兩台挖機上去看能不能斷水，鏟車也留在這邊隨時可以鏟土用。

營長：好，好，小心一點，危險的事別太勉強。

陳至人：好，我知道。

陳至人跳下鏟車攀上其中一台怪手，設法開路繼續往上爬，來到另外一處路基已經沖毀形成瀑布的位置。

陳至人指揮怪手搬大石頭把被沖斷的路基填補墊高減緩下游衝擊力量，並做圍堵減緩衝擊泛濫……大水衝擊力逐漸減緩，這時候對講機傳來馬排的報告。

馬排：副連，營部連前面大水已經有一點消退，但一連出來了，伍副連在找你你等一下。

※　※　※

陳至人：嗯，好，對講機給伍副連。
伍副連：學長，你那邊有沒有看到我們連上的人？
陳至人：你們連上的人？沒有耶。
陳至人左右看了一下。
陳至人：嗯，都沒有，只有我們連上幾台裝備跟營長在這邊，怎麼了？
伍副連：學長，我……我們連上幾個人加完班去麵店那邊，到現在沒有回來，可……可能被水沖走……
陳至人：啊～
伍副連：可能要請學長幫忙留意一下。
陳至人：嗯，好的，先別慌，說不定只是躲起來了沒那麼糟糕……好的，我知道了，你再把對講機給馬排一下。
馬排：副連，我馬排。
陳至人：馬排，等水減緩後，出動所有用得上的重裝備，立刻支援一連找人。
馬排：是。
陳至人：我這邊也會盡量找看看，說不定哪邊躲起來了，我們分頭進行。
馬排：是，知道了。
陳至人說完正要上怪手收隊，卻聽到上流不遠處有微弱呼救聲，陳至人查看了一下跑回怪手交代。

陳至人：你下車跟著另外一台回去，怪手留給我到上面看看。

駕駛：副連沒問題吧？

陳至人：沒事，只是那邊好像有人的聲音，我上去看一下沒事很快就下去，下面那邊弄好的話你們先收隊，底下有人失蹤需要支援。

駕駛：好的。

駕駛把怪手交給陳至人，陳至人開著怪手往上爬沒多遠，就看到妮卡兒跟山婆婆困在水中，四周的水流仍然湍急。

陳至人嘗試把怪手臂伸到妮卡兒附近，但還差一點距離，把對講機掛在駕駛室後找了一條麻繩綁在腰部，另一頭綁在怪手油壓缸上，爬上怪手臂緩緩朝妮卡兒方向前進……

山婆婆很虛弱了，仍然流著淚的妮卡兒看到了，向陳至人用力揮手。

妮卡兒：至人，在這裡，在這裡至人！

陳至人向妮卡兒點點頭，妮卡兒緊緊抱住山婆婆。

妮卡兒：婆婆，婆婆，來救我們了，一定要撐住，前面至人已經過來救了！

山婆婆仍然虛弱的輕輕點頭。

妮卡兒眼看陳至人再差幾步就可以到達抓斗位置，只要到達抓斗位置就可以想辦法接近自己，忽然陳至人一下腳滑，整個人摔進水裡，妮卡兒尖叫。

妮卡兒：啊，啊~~~

正當緊急的瞬間「咻！」地另外一個方向射過來一股鉤繩，勾掛在妮卡兒抱著樹幹的頭頂枝頭上。

福多兒用鉤繩盪到妮卡兒跟山婆婆面前，並把山婆婆跟妮卡兒救出水困。

福多兒：來，妮卡兒妳抱著樹再撐一下，我先救婆婆出去。

妮卡兒：嗯~

福多兒用另外一條繩子綁在山婆婆身上後盪到比較高的地方，再把山婆婆抱進屋內。

妮卡兒轉頭看著陳至人，陳至人已經浮出水面，但仍然在水裡載浮載沉用力揮動雙臂打水奮戰。

福多兒又盪回妮卡兒身邊。

妮卡兒：他……他……

福多兒往前看過去。

福多兒：他有綁住，沒問題的啦，我先把妳們救出去。

妮卡兒：嗯。

第四節　婆婆之死

福多兒跟妮卡兒回到麵店床邊，山婆婆躺在床上已經奄奄一息。

山婆婆：妮卡兒~妮卡兒。

山婆婆嘴裡喃喃呼喚著妮卡兒，妮卡兒緊緊抱著山婆婆痛哭。

妮卡兒：婆婆剛剛我都看到了，對不起我誤會妳了……是我太任性，害妳坐了那麼久的輪椅……

山婆婆努力的伸出微弱的手握住妮卡兒的手。

山婆婆：來……不及……了，趕快去……找祖……靈之……怒……部落危……險。

妮卡兒：好，好。

山婆婆：呃……乖，婆婆明……白妳，妳要相信……直覺，直覺……就是祖靈……說話，要……相信自……己……呃~

山婆婆的手放開妮卡兒垂下。

妮卡兒崩潰淒厲大哭。

妮卡兒：婆婆！婆婆！

妮卡兒怎麼樣都搖不醒山婆婆。

福多兒在旁邊搖著妮卡兒。

福多兒：妮卡兒妮卡兒，沒時間了，要趕快趕過去『祖靈之怒』……趕快起來，先別哭了，我們走。

仍然啜泣的妮卡兒站起來揮乾眼淚，跟著福多兒走出麵店往『祖靈之怒』前進。

福多兒：龜殼妳有帶著嗎？

妮卡兒：龜殼在我包包裡，可是沒有『熔岩烈火』，還有至人也沒有跟來……

福多兒：不管了，到時候看看，隨機應變吧！

此時陳至人在水裡面終於找到著力點，緊抓著繩子，很慢很慢的爬上怪手。

※　※　※

陳至人終於爬上岸走到麵店。

陳至人：奇怪，人都跑去哪裡了？

陳至人走到山婆婆床邊，搖了一下山婆婆。

陳至人：山婆婆！山婆婆！

陳至人看山婆婆沒動靜，摸一下山婆婆手腳冰冷，又把手指放在山婆婆鼻孔試了一下。

陳至人：山婆婆是不是撐不住了？

轉身正要走出去，手卻被輕碰了一下，回頭看見山婆婆嘴裡喃喃趕緊把耳朵湊過去。

陳至人：山婆婆！

山婆婆：祖……祖……靈之……怒。

山婆婆說完側頭斷氣，陳至人再怎樣也搖不醒了。

陳至人：祖靈……祖靈之怒？啊，他們一定是過去『祖靈之怒』了，走！

第五節　黑巫現蹤

妮卡兒跟福多兒沿著上次的路線來到『祖靈之怒』，卻發現出了竹林後此處無風無雨且已經光亮如晝，『祖靈之怒』位置正前方放著祭壇，祭壇正前面一個黑袍人面對石壁，一身長袖道袍頭戴面具手上拿把番刀正在揮舞作法。

妮卡兒：噓~小心點，可能是黑巫。

福多兒點點頭，黑巫卻開口說話。

黑巫：妮卡兒，妳終於還是來了。

妮卡兒驚訝，但還是緩緩走了出來。
妮卡兒：妳……妳是誰？怎麼知道是我？
妮卡兒跟福多兒走上前。
黑巫：妳是阿密斯祖靈的信使，我當然知道妳……噢對了，妳死也不肯承認。
妮卡兒：這個妳也知道？到底是誰？
黑巫：哈哈哈我是誰？我就是普悠瑪的守靈人。
妮卡兒／福多兒：普悠瑪？
福多兒：普悠瑪的巫師怎麼跑來這裡？
黑巫：去！什麼時候輪到你講話？
黑巫緩緩轉過身，臉上戴著的面具全是黑色，只露出眼、口、鼻。
妮卡兒：嗯，好，妳是普悠瑪，妳在這裡起什麼法？
妮卡兒看了一眼祭壇。
妮卡兒：暴風雨是妳引來的？
黑巫：沒錯，妮卡兒果然聰明，看得出來這場暴雨是我引的，可惜……
妮卡兒：可惜什麼？
黑巫：可惜太晚了，現在已經有人死了，只要再一個小時土石流會把這個地方全部淹沒，包含 kakawasan。

妮卡兒、福多兒大驚。

妮卡兒：什麼意思？爲什麼要這樣做？

黑巫：阿密斯逼走我的族人，工兵刨出我們的祖靈，當然都要接受懲罰。

妮卡兒：妳在胡說八道什麼？部隊做工程是在保衛國家哪裡不對？

黑巫：保衛國家就要挖我們的祖靈？爲什麼不挖你們家的祖靈？哼，反而是妳妮卡兒，趕快嫁給軍官遠走高飛這裡就不干你的事了！

福多兒：誰說她要嫁給軍官的？

黑巫：閉嘴你這個笨蛋，光有力氣有什麼用？腦袋上戴了幾頂綠帽你數過了嗎？哈哈哈哈哈，最沒用就是你福多兒。

妮卡兒：戴面具的王八蛋妳在亂講什麼？

福多兒：裝得好像什事都知道一樣，有種把臉上那塊烏龜殼給我拔下來。

黑巫：烏龜殼？哈哈哈哈哈，你美麗的老婆不是正好幫我把烏龜殼帶來了嗎？哈哈哈哈哈。

妮卡兒偷偷摸了一下背上的包包，黑巫「唰！」地把面具摘下來。

妮卡兒、福多兒驚訝得說不出話來。

秀蓮：怎麼不說話？不認得人了？

妮卡兒非常氣憤。

妮卡兒：原來從頭到尾妳才是黑巫，全是妳在搞鬼！

秀蓮搖搖頭。

秀蓮：好妹妹，妳實在太單純了。

妮卡兒氣得滿臉紅通通的。

妮卡兒：他媽的所以要我留在笑臉照顧至人，然後故意告訴福多兒，根本就是妳在設計挑撥嘛！

秀蓮：哎唷唷好妹妹怎麼講話那麼難聽？姊姊可是花了不少腦筋才把你們送做堆，何況那天他還自己送上門，不這樣做妳老是留在這裡礙我的事哪裡可以。

福多兒：可惡！

秀蓮：你閉嘴！她自己不愛我留得了人？哈哈哈好妹妹，姊姊爲妳做這麼多，該把帶來的獎勵給我了吧？

妮卡兒：獎勵？什麼獎勵？

秀蓮用番刀比比妮卡兒包包。

秀蓮：裡面那塊龜殼啊，妳不自己老老實實給我，姊姊是會動手搶的喔，這把番刀好利的。

福多兒搶過去擋在妮卡兒前面，妮卡兒往石壁退了一步。

福多兒：有種妳就試看看！

秀蓮：嘴硬！試就試你還眞的以爲我怕你？

秀蓮說完朝妮卡兒揮舞番刀，福多兒只能操起手上的枯木迎上前阻擋，

妮卡兒：啊~

打鬥中妮卡兒不小心被撞彈開，腦袋碰到山壁撞暈過去，福多兒拿枯木抵擋番刀彷彿不存在，被打掉後只剩下空手博擊根本不是秀蓮對手，秀蓮一刀劃過福多兒大腿鮮血瞬間噴出，福多兒腳一軟往後仰躺，秀蓮舉起番刀就要朝福多兒劈下去……

第六節　祖靈怒火

竹林裡一條人影緩緩來到石壁後面。

人影看見福多兒跟秀蓮正在打鬥，躲在石壁後面觀察。

福多兒的角度剛好可以看見陳至人……

※　※　※

一根巫師權杖飛過來，「鏘！」一聲直接射中秀蓮手上番刀，番刀脫手掉落地面。

秀蓮：誰？

秀蓮抬頭看，普悠瑪巫師已經站在石頭後面不遠的位置。

普悠瑪巫師：妳根本不是普悠瑪巫師，用的也不是普悠瑪的巫術，穿這身怪衣服更談不上普悠瑪巫師的服裝，爲什麼說是普悠瑪？想賴給我們？

秀蓮：哈哈哈哈哈，普悠瑪巫師也來湊熱鬧了。

普悠瑪巫師掏出一張皮畫搌在手上。

普悠瑪巫師：哼哼，我查了很久總算是被我查出來，妳眞正的身分是拉拉鄂斯遺留的後人，對不對？

妮卡兒醒來，緩緩站起來看著眼前發生的事。

妮卡兒跟福多兒對望了一眼。

普悠瑪巫師：妳這樣做的目的是什麼？

福多兒給妮卡兒打了一個眼色。

普悠瑪巫師：妳說的那些都已經過去，時代已經不一樣了，不應該再用巫術害人。工兵部隊雖然把我們祖先靈魂挖出來，拿出來後有盡心盡力幫我們安置好，這樣報復是不對的。

秀蓮：哼，不對？那是你們普悠瑪祖墳又不是我們拉拉鄂斯的。拉拉鄂斯是被你們普悠瑪消滅的不是嗎？你說的眞好聽，阿密斯那個養鹿變態，爲了走到今天害我受了多少屈辱？

還不到十歲就被那個變態強姦，喝醉了就把我關地窖，我只能躲在那個黑漆漆的地窖，看我媽媽留給我的東西偷偷摸摸練習巫術，等學好了用巫術才能殺了他、殺了他，啊~啊啊啊啊啊！。

秀蓮情緒相當激動。

秀蓮：哼哼，我要把阿密斯都滅了，然後讓阿密斯以爲是普悠瑪幹的，哈哈哈哈哈要我放下……那好啊，我們就來比一比巫術，你比我厲害我就放下，哈哈哈哈哈哈哈哈哈。

秀蓮說完開始唸起咒語。

普悠瑪巫師也趕緊劃起手勢跟著唸咒語。

妮卡兒看福多兒腿上血流如注，給福多兒打眼色叫福多兒移到石頭後面，福多兒已經沒辦法站立，趁機撐著石頭緩慢爬動。

妮卡兒又看到石壁龜殼洞就在自己身後，偷偷把龜殼從包包拿出來，正當妮卡兒掏出龜殼同時，普悠瑪巫師嘔一聲口鼻噴出大量鮮血，癱軟倒在地上喘氣。

秀蓮：哼，什麼巫師？廢物！

秀蓮轉頭走向妮卡兒，妮卡兒趕緊把拿著龜殼的手藏在身後。

秀蓮：好妹妹，別藏了啊，妳看看搞成這樣都是妳害的，禮物該給姊姊了吧？

妮卡兒猛搖頭。

秀蓮翻臉，「啪！」一巴掌甩在妮卡兒臉上。

秀蓮：不給？賤女人！給不給？
妮卡兒嘴角帶血咬緊牙關，還是搖頭。
秀蓮：還不給？
秀蓮又是一巴掌甩在妮卡兒臉上，妮卡兒緊咬牙根眼角泛著淚光澀縮的搖頭，秀蓮看見番刀就在腳邊。
秀蓮：還打不醒？那就別怪姊姊對妹妹心狠手辣了。
秀蓮彎下腰來撿番刀，剛剛拿到番刀一道黑影從妮卡兒背後竄出來，一下抓住秀蓮剛剛握著番刀的手，直接把秀蓮摔出去。
秀蓮被摔在地上眼冒金星還沒來得及回神，又被陳至人連摔兩次，等到秀蓮回過神，陳至人已經騎在秀蓮身上，鼻孔噴氣咬牙切齒發出野獸般的低吼，高高舉起搶過來的番刀準備刺向心臟。
陳至人：呃~~~
秀蓮：老公，老公忘記人家也是你老婆嗎？
陳至人：嗯~~~你……
秀蓮：那好吧，老公刺吧，能死在愛人的手上也是一件幸福的事。
陳至人全身顫抖，雙眼射出冷冽的凶光。
陳至人：妳……賤……人！

此時秀蓮藏在背後的手，卻多出了『熔岩烈火』……陳至人全身顫抖青筋暴露集中全身力量，把番刀舉得更高要往下扎卻就是扎不下去。

秀蓮：嘻嘻我就知道老公最疼我了，來，那換老婆也疼老公一個。

陳至人愣了一下，秀蓮手上的『熔岩烈火』卻已經扎進陳至人的肚子。

秀蓮：哼哼，老公？我就讓你瞑目也好，拿我的身體讓你嘗鮮，只不過是要增加我的修煉能量而已，也太便宜你了，哈哈哈哈哈！

陳至人驚訝定格在秀蓮身上，丟掉番刀，雙手緊緊握住『熔岩烈火』刀柄，秀蓮把陳至人推開，陳至人向後朝向大石頭倒下……陳至人咬著牙，用力把『熔岩烈火』拔出肚子甩出來，掉在福多兒跟妮卡兒中間，刀身上陳至人的血液迅速凝結成血滴，妮卡兒驚訝叫著福多兒。

妮卡兒：戰士的血滴，福多兒，快！破口是戰士的血滴，有戰士血滴的『熔岩烈火』！

福多兒趕緊伸腿把『熔岩烈火』踢向妮卡兒的同時，秀蓮也往妮卡兒方向衝過去，卻被福多兒轉身奮力撲倒在地上，妮卡兒撿起來火速連結『咒語龜殼』，秀蓮驚慌大叫。

秀蓮：不可以，不可以！

妮卡兒已經站在龜殼洞旁，冰冷的眼神狠狠瞪向秀蓮，手裡拿著連結後的『咒語龜殼』喘著氣嘴裡喃喃唸起龜殼咒語。

秀蓮怎樣就是掙脫不了福多兒，絕望的哀求。

秀蓮：不可以……

妮卡兒：哼哼，自己去找祖靈好好懺悔！

秀蓮：呀～～～～

忽然秀蓮尖叫掙脫福多兒爬起來又要朝妮卡兒衝，妮卡兒慌慌張張趕緊把龜殼塞進龜殼洞……

瞬間陰風四起，天上突起一道閃電劈向山頂，岩壁浮現石門開啓……正當福多兒咬緊牙根再次躍起撲住秀蓮的同時，「轟！」一聲火球噴出石門，伴隨巨大吸力……秀蓮被吸在空中，卻一下子反身緊緊拖住福多兒手臂，福多兒也被拉住一起浮在空中……電光火石間，「啪！」一下陳至人一隻手抓住福多兒腳上的鞋，另外一隻手臂緊緊扣住石頭前的小樹，用盡全身的力量跟吸力對抗，顧不上自己的肚子仍然不斷冒著鮮血，妮卡兒驚聲尖叫……

妮卡兒：啊～～～～～

眼前秀蓮、福多兒、陳至人三人懸浮在空中恐怖平衡，旁邊妮卡兒尖叫中慌慌張張拔出『咒語龜殼』，但仍然無法阻止火球及巨大吸力，焦急慌亂而崩潰……

妮卡兒：福多兒，把她推開，用力把她推開！可惡的黑巫，放開福多兒！放開福多兒！福多兒，加油，一定要加油～～～

旁邊妮卡兒的哭喊叫聲逐漸失魂而歇斯的里，秀蓮抓著福多兒卻越抓越緊，福多兒好不容易掰開秀蓮手指，另外一隻手臂又被扣住……反而秀蓮已經冷靜下來，陰狠的瞪著福多兒冷笑。

秀蓮：哼哼，別想脫開我，陳至人絕對不會放開你的，等一下石頭門就關閉了……

呼呼的陰風伴隨瘋狂吸力逼得福多兒眼睛根本睜不開，閉著眼睛憑感覺死命掙脫，卻無論怎樣掰開秀蓮的手，總是又被秀蓮抓回來……忽然山婆婆雕刻勇士在石板上的景象掠過福多兒的腦袋，福多兒恍然大悟。

『原來石板上本來沒有勇士是這個意思。』

福多兒冷靜下來，抬起頭用力瞇開眼睛看著前方不時噴出的熊熊火球。

福多兒：好不容易努力到現在，機會就這麼一次……既然掙脫不掉秀蓮，還有另外一邊掙脫比較容易，不然這樣子大家都要陪葬。

福多兒：嗯，就這麼辦！

福多兒索性反過來雙手緊緊扣住秀蓮，秀蓮驚訝大叫。

秀蓮：喂，你……你想幹嘛？你不可以放棄，不可以！

福多兒閉上眼睛聽著妮卡兒大聲叫喚自己，享受般咧起生命中最幸福的微笑，開始扭動腳趾及腳板，不多久，福多兒的腳板掙脫了自己的鞋子。

秀蓮／福多兒：啊~~~

福多兒跟秀蓮瞬間向前彈射出去，一起被大火球吞噬……石壁門終於關閉，大地恢復平靜。

第七節　瘋狗浪

七日後……

清晨，天剛破曉，太平洋的海浪和緩而平穩地拍打基地大排水溝出口附近的海堤……海水中浮起一具草綠服的屍體，隨著後浪推著前浪逐漸湧向岸邊，靠著海堤載浮載沉。

海鷗直升機「啪啦啪啦啪啦！」的螺旋槳聲音劃破寂靜，從海面上飛向海堤，停留在屍體上方。

直升機：呼叫塔台，呼叫塔台……

※　※　※

洪水過後，12營爲了一下子丟失三個人弄得人心惶惶士氣低落，失蹤人員所屬的第一連，高連長更是每天早上眼睛睜開，匆匆結束早餐後，就帶著全連官士兵展開地毯式搜尋……一個禮拜過去了，三名弟兄仍然音訊杳然，失蹤家屬都已經到達基地焦急的等待，由軍團派來的將軍陪同安撫，更添加基層連隊的壓力。

工區內大排水溝底下，伍副連長手上拿著對講機站在溝底一段箱涵分管的入口，入口處隱約可以見到一雙黃色雨鞋的鞋尖埋在爛泥裡。伍副連旁邊一台怪手正伸出手臂，小心翼翼從箱涵管口旁刬出爛泥，伍副連對著怪手駕駛喊。

伍副連：輕一點，慢一點，慢慢來……裡面可能真的有人，遺體被扯散就不好了，要再輕一點，別太接近，輕一點，小心一點，好……

所有人聚精會神，等待怪手刬開爛泥讓雨鞋露出的面積擴大。

伍副連：好，怪手可以了，換人工下去！

幾個士兵帶鐵鏟跳下去開始清理，旁邊值星班長壓低聲音問伍副連。

值星班長：嗯，這邊還眞的有怪味道……副連，你心裡比較想雨鞋眞的有人穿，還是只是一雙空雨鞋？

伍副連：不知道。

伍副連神情凝重，轉過頭瞄了值星班長一眼，搖搖頭又回頭。

這時高連長已經走到伍副連身後，站在大排水溝邊坡上緊緊盯著，溝底下士兵終於清出淤泥，只是露出一整雙沒有連結人腿的空雨鞋，所有人鬆了一口氣。

伍副連長爬上溝坡走向連長，高連長剛剛交代人去把下士林宏明找過來。

高連長：伍副，今天怎麼說都算頭七，營長準備了法會在出事地點，晚點收到通知的時候我代表過去，你就留在這裡帶部隊繼續搜尋。

伍副連長：好的，可是……

高連長：可是什麼？

伍副連長：我是想說，如過這樣下去一直找不到人，怎麼辦？

高連長聳聳肩。

高連長：不知道，總是盡人事，聽天命吧？對了，陳至人到底發生什麼事情知不知道？怎麼會是他突然刀傷住院？

下士林宏明從大排水溝爬上來走到兩人旁邊。

伍副連長：就不知道啊，傳說的話一大堆，當時我跟他最後用對講機聯繫時營長還跟他在一起，後來不知道跑到哪裡去挨的刀……

高連長：那麼大的洪水搶救受傷是可以理解，可是挨的是刀傷……

林下士：報告連長，你找我？

高連長：喔，你來了，我是想問你，那個阿生你很熟對吧？

林下士：是啊，我們從小一個村長大，還是同梯一起入伍，一起過來這邊。

伍副連長：連長阿生的老婆是未婚懷孕，準備兩個月後退伍結婚。

高連長：對喔，宏明也是剛剛放完婚假回來的……所以阿生的媽媽喊著媳婦媳婦，原來還是未婚……他媽媽帶懷孕的未婚妻過來了，哭得很傷心，晚點你跟我一起過去法會，會後幫忙安慰安慰。

林下士：好的沒問題，阿生家人我很熟的……哎，好好的兄弟變成這樣，眞的很難過，我老婆跟他未婚妻也是姐妹仔伴，天天來黏我老婆，學怎樣做菜，要怎樣跟婆婆相處……

高連長無奈的嘆口氣聳了下肩。

林下士：連長，其他的家人是不是也過來了？他們兩人跟我跟阿生也都是同梯，兩個多月後退伍……

高連長：我知道你們都是同梯……對，家屬都到了，我都不知道應該怎樣面對他們，眞的很難跟家屬交代。

突然對講機響起總機聲音。

總機：一連高連長聽到請回答，高連長聽到請回答。

伍副連長：高連長收到請說，高連長收到請說。

伍副連長趕緊把對講機交給高連長。

總機：海鷗直升機海岸巡航，在大排水溝出海口的堤防邊發現一具屍體，營長請高連長馬上帶部隊往那邊集中搜救，參謀長他們已經收到消息正在趕過去。

高連長：收到，馬上過去，馬上過去。

高連長：伍副，趕快趕快，通知排長們後面的部隊撤隊往海邊集中。

伍副：好，我馬上去。

高連長：喔對了，既然是在海上發現可能需要一條繩子……宏明要不你幫個忙，回連上拿了麻繩馬上到海邊會合。

林下士：好的，我現在馬上回去。

林宏明才轉身離開，又被高連長叫住。

高連長：宏明叫駕駛用吉普車載你回去，拿了繩子直接開到堤防邊，記住麻繩越長越好。

林下士：報告，是。

※　※　※

直升機一直「啪啦啪啦啪啦！」的在海邊空中盤旋，直到高連長帶著部隊趕到堤防邊才離開，參謀長、指揮官、營長都已經在這裡等候。

參謀長：高連長，辛苦你了，等下救人的時候安全要注意，有沒有這方面的準備？

高連長：報告有的，準備了麻繩，馬上會送過來。

參謀長看了看四周。

參謀長：這邊光禿禿的什麼都沒有，看起來大概只有繩子可以派上用場。

高連長的吉普車開到馬路邊，林宏明揹著麻繩上氣不接下氣跑過來。

林下士：報告連長，麻繩來了。

伍副連長：連長我看這樣，這麼多人在堤防上面太擠，留一個班的人在這邊幫忙，其他人我叫排長帶到附近繼續搜索好了。

高連長：也好，那留哪個班下來？

林下士：連長，看那個樣子應該就是阿生，阿生是我們班上的，就我們班留下來吧。

高連長點點頭，伍副連長轉頭去招呼部隊其他人。

指揮官：高連長，今天海風不小，要特別注意安全啊，活人成了屍體重量很重的，打撈時要特別注意。

高連長：好的。

營長：楊醫官一大早到醫院看陳至人去了，我已經聯絡上，正趕過來這邊途中……高連長下去的人你要找一個游泳高手才可以。

伍副連長：連長我下去吧，我讀書游泳隊的。

林下士：副連，還是我下去好了，阿生跟我從小一起在海邊長大的，游泳不是問題。

高連長：那……好吧宏明就你下去，我們其他人在上面幫你拉繩子，這不是在開玩笑，下去後安全要特別注意。

林下士：報告，是。

林下士開始脫掉身上所有衣物只剩下短褲，然後把麻繩的一端綁在自己腰上，伍副連長則抓著麻繩站在第一位，其他弟兄陸續拔河一樣把著繩跟在後面……高連長下口令慢慢放麻繩，讓林下士懸在堤防壁上先試一下水溫，林下士試溫沒問題後朝堤防打了手勢，就「噗通！」跳進水裡游向屍體。

林下士游兩下就到達阿生的位置，卻就在剛剛抓住阿生的同時，平穩的海浪忽然倏地拔起三層樓高的瘋狗巨浪，「唰！」地瞬間吞沒林下士與阿生，「嘩！」一聲浪頭狠狠砸在堤防上，所有人都被海浪打得人仰馬翻，首當其衝的伍副連長差點捲入海裡，隨著潮湧退回堤防邊的剎那高連長順勢撲倒壓住伍副連，但麻繩已經脫開……林下士緊緊抱住阿生被巨浪砸向堤防邊後又捲回海裡，剛剛爬起來的伍副連眼看在堤防邊載浮載沉的麻繩尾端就要沒入海裡，「噗通！」立刻跳入大海，抓住繩端後包含參謀長等長官跟其他人都已經接力般一個拉一個排在堤防上，最前面的高連長終於扣住伍副連長的手，慢慢慢慢一步一步的往回拖……

馬路邊又有吉普車趕到，楊醫官跳下車急忙跑向堤防，救護車也跟隨在後……終於林宏明跟阿生都被拖上堤防，救護人員趕緊對已經失去神智的林宏明下士 CPR 緊急搶救，所有人圍在旁邊慌亂而焦急的等待。

高連長：拜託拜託，宏明你一定要醒來，林宏明下士你不能放棄，一定不可以放棄，連長要你醒來，不對，是命令你醒來……加油，一定要醒來，加油，林宏明，我命令你醒來……

救護人員搶救十多分鐘後，向醫官搖搖頭。

楊醫官：很抱歉，傷員已經 OHCA 了。

高連長聽到終於情緒崩潰，脫下安全帽往大海狠狠的砸過去後對著大海狂亂怒吼。

高連長：媽的，這算什麼？……幹、幹！這算什麼意思？幹、幹、幹！什麼意思？到底算什麼意思啦……

遺址

第十六章　結局

第一節　退伍

刻骨銘心的四年半服役總算走到了盡頭，單程的最後一趟自強號上，車廂空空蕩蕩，陳至人獨自坐在靠窗座位眼睛望著窗外，熟悉的風景跟隨火車的疾馳飛速倒退，腦裡卻翻湧著對四年來這段生命火花的眷戀……

『將軍跟陳至人站在基地山顛俯瞰12營工區工程，小山底下呼嘯著大型重機具開著大燈川流不息。

于將軍：享受，太享受了，你感受到了嗎？那些全是你指揮的部隊，我們眞的是好不容易的努力，經過好困難的過程才能夠走到這裡。

將軍說完回頭斜著腦袋偷瞄陳至人。

將軍：可是全部工程完工我能享受到，你就享受不到了。

陳至人對著將軍點點頭尷尬地笑了一下，將軍拍拍陳至人肩膀。

將軍：留你幾次都留不下來，算了我今天不會爲難你了。年輕人我知道你有夢想，那就回去努力追求吧。謝謝你這幾年的辛苦，也祝福你的另外一段精彩的人生……』

火車剛剛進隧道，服務小姐推著小賣車到陳至人旁邊。

服務小姐：先生先生，請問您有沒有需要？要不要來杯咖啡？

陳至人回過神看了一下服務小姐及推車。

陳至人：嗯……好啊，那就來杯咖啡吧。

陳至人接過咖啡，喝一口放在杯架上，服務小姐離開後，點根菸繼續望著漆黑的窗外發呆……

『連集合場上新任的梁連長頒發退伍紀念品儀式結束後，連長把部隊交給陳至人主持最後一次早點名，陳至人手上拿著點名簿對著全連講話。

陳至人：這是副連長主持最後一次的點名，點完名後副連長就準備離開回家當老百姓了。這幾年來，我最驕傲的一件事不是帶領得獎連隊，或是一次又一次的爭取好的成績，而是我親自帶領過的弟兄，除了受傷難免，都能夠順順利利完成服役，平安回家；希望大家能夠彼此鼓勵，也謝謝大家的支持，我們到社會再見。』

「轟！」一聲火車剛剛出隧道，服務小姐端著裡面裝水的紙杯走到陳至人旁邊。

服務小姐：先生先生。

陳至人回過神。

服務小姐：先生不好意思，現在列車已經開始禁菸了喔，麻煩您把菸丟進杯子，如果您要抽菸可能要換座位到吸菸車廂。

陳至人：喔，那好吧，不好意思。

陳至人把菸丟進杯子，深深的喝了一口咖啡後又凝視車窗外……

『穿軍裝的陳至人跟護士服的妮卡兒交疊著側面身影。

妮卡兒：至人謝謝你，但是我要跟你說對不起，我放不下，眞的沒辦法放下……我已經決定了，我的心必須留在這裡，留給我的部落。』

第二節　空難

一九九〇年八月二十一日／午餐

妮卡兒手上的筷子慵懶搓著碗裡面的米粒，媽媽夾了一塊肉到妮卡兒碗裡，妮卡兒停下手中的筷子……空氣一時凍結，媽媽像小孩子做錯事般屏著氣等待妮卡兒的反應……妮卡兒親手打開『祖靈之怒』終究是事實，時間並沒有療癒妮卡兒心裡對福多兒的愧疚及哀慟，醫院工作辭掉了，教會也不去了，甚至媽媽還請了牧師來家裡關心過幾趟，妮卡兒始終無動於衷，丟失了原本少女的燦爛笑容及人生的期待，那股無法言喻的痛徹心扉始終陪伴著妮卡兒，一天又一天的過去……

媽媽：哎，我的祖靈什麼時候才還我一個正常的女兒？

總是媽媽試圖打破沉默，深深嘆口氣後放下手中的碗筷，站起來走到電視前面，打開電視機紓解一下屋裡凝重的氣氛。

電視新聞播報：午間新聞報導，今天早上七點有一架載著幾位將官視察空軍基地擴建工程的運輸機在雲林墜毀，機上搭載乘客共十八人，全是該基地工程相關高階將領……

播報引起妮卡兒的注意，放下碗筷快步走到電視機前專注聽著記者的播報。

電視新聞播報：罹難將官據信是一〇四工程的決策軍官，正在執行對全工區的勘查……

媽媽錯愕的看見女兒難得情緒突然激動，趕緊跟上去「啪！」地把電視關掉，妮卡兒又快步走到露台背靠落地窗，仰著天長長吁口氣後低頭沉默一陣，終於回頭走向母親的面前。

妮卡兒：媽，對不起，我決定了，我要回台北報考神學院。

媽媽聽到女兒終於願意開口，一掃長時間沉積在臉上的憂愁，牽起女兒的手。

媽媽：好，好，媽媽都明白，媽媽最怕妳不做決定，妳決定好的事情，媽媽都支持。

妮卡兒放開媽媽的手，走回餐桌拿起碗筷繼續吃飯，媽媽也跟著一起過來。

媽媽：對了妮卡兒，妳在台北碰到至人的時候幫媽媽……

妮卡兒停止吃飯放下碗筷。

妮卡兒：媽，陳至人不會知道我人在台北。

第三節　『射箭的男孩』

二〇二〇年／博物館

導覽小姐：好了，這邊的故事我們就介紹到這裡，現在請大家走上迴旋梯，樓上有個瞭望露台，可以在上面瞭望遺址景觀，或喝喝咖啡稍微休息一下。

陳至人並沒有跟隨旅遊團上樓梯，而是回頭瀏覽前面的廳室，當轉進第一間廳室時卻被角落單獨的檜木雕塑展品震懾，快步走向雕塑……沒有名稱，沒有說明，沒有任何介紹文字，只有旁邊小玻璃櫃靜靜地陪伴；櫃內俐落的放置兩樣展品：一把短刀，一塊龜殼，同樣沒有任何說明。

陳至人不禁雙手掩住瞬起的鼻酸，紅著眼眶專注凝視面前等比例的原住民青年拉弓雕刻：肩斜勾繩，滿弓箭矢遙指天空，濃烈深邃的臉龐，驕傲、自信還咧著壞笑……好久好久，陳至人失神而目不轉睛，絲毫沒有察覺耳邊早已經響起輕輕的啜泣……終於回神轉身，宋竹君牧師情不自禁將頭俯在陳至人的肩膀上，緊緊擁著陳至人潸潸流下眼淚……宋牧師情緒和緩後輕推開陳至人，陳至人伸出姆指擦拭宋牧師眼窩的殘淚，宋牧師握住陳至人拭淚的手腕，一起轉身面對雕像。

宋牧師：那時候你說的，現在的犧牲是爲了我們國家的未來。

陳至人：是的，我們現在正站在那時候的未來。

宋牧師：只是……只是沒想到他沒有在我們未來的名單上。

陳至人：怎麼不把名字寫上去？

宋牧師：寫了名字，這裡面所有的館藏都比他還歷史，現在，大家都知道，他是『射箭的男孩』。

陳至人：射箭男孩？……是的，那時候在這裡付出的每一條年輕的生命，都是『射箭的男孩』。

~全文完~

國家圖書館出版品預行編目資料

遺址／林承志著. --初版.--臺中市：白象文化事業有限公司，2023.3
面； 公分
ISBN 978-626-7253-49-6（平裝）

863.57 112000275

遺址

作　　者　林承志
校　　對　林承志
發 行 人　張輝潭
出版發行　白象文化事業有限公司
412台中市大里區科技路1號8樓之2（台中軟體園區）
出版專線：（04）2496-5995　傳真：（04）2496-9901
401台中市東區和平街228巷44號（經銷部）
購書專線：（04）2220-8589　傳真：（04）2220-8505
專案主編　黃麗穎
出版編印　林榮威、陳逸儒、黃麗穎、水邊、陳媁婷、李婕
設計創意　張禮南、何佳諠
經紀企劃　張輝潭、徐錦淳、廖書湘
經銷推廣　李莉吟、莊博亞、劉育姍、林政泓
行銷宣傳　黃姿虹、沈若瑜
營運管理　林金郎、曾千熏
印　　刷　基盛印刷工場
初版一刷　2023年3月
初版二刷　2023年8月
定　　價　400元